Emir Kusturica

Emir Kusturica

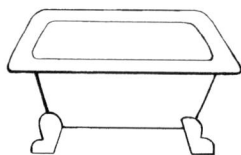

Emir Kusturica

婚姻中的
陌生人

Étranger dans le mariage

[塞尔维亚] 埃米尔·库斯图里卡　**著**

刘成富　苑桂冠　**译** | 赵维纳　**校**

浙江出版联合集团

浙江文艺出版社

△ 库斯图里卡在塞尔维亚与波黑交界处的滑雪场酒吧（作家余华拍摄）

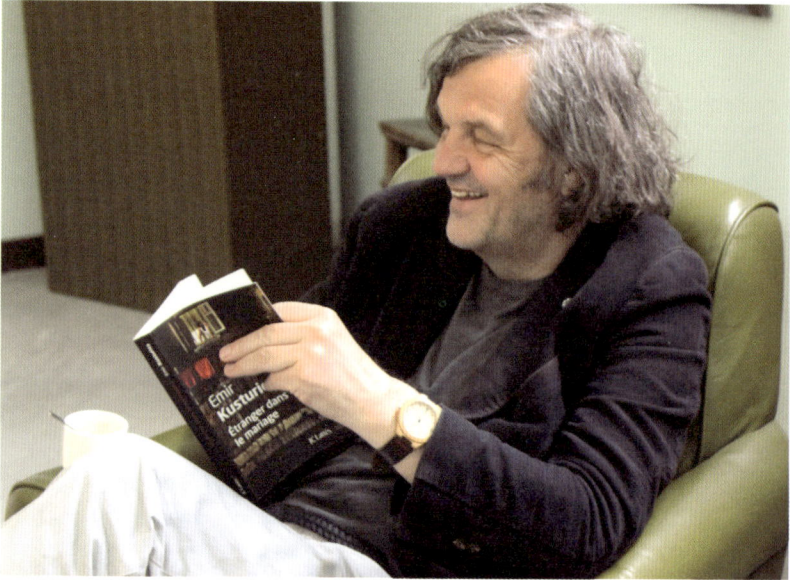

△ 2017 年 4 月，库斯图里卡在北京就小说集《婚姻中的陌生人》接受采访

目　录

埃米尔·库斯图里卡，没有边境的写作　　1
　　——中文版序 / 余华

多么不幸　　1

最终，你会亲身感受到的　　37

奥运冠军　　99

肚脐，灵魂之门　　115

在蛇的怀抱里　　137

婚姻中的陌生人　　181

我写的所有故事都是爱情故事　　249
　　——专访库斯图里卡

埃米尔·库斯图里卡，没有边境的写作

——中文版序 / 余华

　　埃米尔·库斯图里卡，这是我家里最受欢迎的名字之一，也是我朋友里最受欢迎的名字之一。我一直以为这是一个导演兼编剧的名字，去年 9 月我才知道这也是一个小说家的名字，我在米兰的一家书店里看到了他的一部小说集，可能就是这部《婚姻中的陌生人》，费特里纳利出版，我们是同一家意大利出版社，午饭的时候我询问我们的编辑法比奥，法比奥说已经出版了库斯图里卡两本书。

　　库斯图里卡没有告诉我他写过小说。今年 1 月 26 日，我们在一个山顶的小木屋里喝葡萄酒吃烤牛肉，那是在塞尔维亚和波黑交界之处，景色美丽又壮观。我们从下午吃到晚上，夕阳西下之时，我们小心翼翼走到结冰的露台上观赏落日之光与皑皑白雪之光如何交相辉映，光芒消失之后我们冻得浑身哆嗦又是小心翼翼走回木屋，继续我们的吃喝。木屋里有库斯图里卡和我，有佩罗·西米柯，他是波黑塞族共和国总统的顾问，他说他的总统和库斯图里卡是世界上最讨厌的两个人，经常在凌晨两三点的时候打电话把他吵醒，有马提亚院士和德里奇教授，还有给我做翻译的汉学家安娜。那是一个美好的下午和晚上，德里奇教授喝着葡萄酒向我了解《许三观卖血记》里的黄酒是什么味道，我不知道如何讲述黄酒的味道，就告诉德里奇下次来塞尔维亚时给他带一瓶。马提亚院士讲述他读过的中国古典诗歌，他背诵了其中一句："你只要坐在河边耐心等待，就会有一具你敌人的尸体漂过。"我不知道这句诗出自何处，心想翻译真是奇妙，可以无中生有，也可以有中生无，不过这个诗句确实不错。

然后库斯图里卡开车带我们来到一个滑雪场的酒吧，我们坐下后，他坐到壁炉台阶上，让炉火烘烤他的后背。这时候我想起在米兰书店里看到他意大利文版小说集的事，我告诉了他，并且告诉他出版社的名字，他让我重复一遍出版社的名字，然后叫了起来："啊，对，费特里纳利。"这就是库斯图里卡，他知道自己的小说在意大利出版了，但是出版社的名字他没有关心。如果我打听他的电影在意大利的发行商名字，他可能也要好好想一想，然后："啊，对……"

这部《婚姻中的陌生人》里收录了库斯图里卡六个中短篇小说，《多么不幸》《最终，你会亲身感受到的》《奥运冠军》《肚脐，灵魂之门》《在蛇的怀抱里》和《婚姻中的陌生人》。

我因此经历了一次愉快的阅读之旅，每一页都让我发出了笑声，忧伤之处又是不期而遇。这部书里的故事让我感到那么的熟悉，因为我看过他所有的电影，读过他去年在中国出版的自传《我身在历史何处》，去过他在萨拉热窝童年和少年时期生活过的两个街区，站在那两个街区的时候我想象这个过去的坏小子干过的种种坏事，他干过的坏事比我哥哥小时候干过的还要多，我哥哥干过的坏事起码比我干过的多五倍。

《多么不幸》的故事发生在特拉夫尼克，我没有去过这个地方，但是我读过伊沃·安德里奇的《特拉夫尼克纪事》，我仍然有着熟悉的感觉。《在蛇的怀抱里》讲述了波黑战争，这应该是让我感到陌生的故事，可是我看过他的最新电影《牛奶配送员的奇幻人生》，这部电影就是来自这个故事，我还是熟悉。其他的故事在萨拉热窝，有时候去一下贝尔格莱德。我在阅读这本书的时候，那个熟悉的埃米尔·库斯图里卡无处不在。

埃米尔·库斯图里卡，他用生动和恶作剧的方式描写了这个世界。他的生动在叙述里不是点滴出现，而是绵延不绝地出现，就像行走在夜晚的贝尔格莱德，总是听到在经过的餐馆里传出来库斯图里卡电影里的音乐。他的恶作剧在叙述里不是单一的，而是多样和相遇的，如同多瑙河与萨瓦河在贝尔格莱德交汇到一起那样。

《多么不幸》开头的第一句："德拉甘·泰奥菲洛维奇之所以被谑称为'泽蔻'——小兔子——是因为他爱吃胡萝卜。"这个叫泽蔻的孩子的生日是 3 月 9 日，他的父亲是一个对家庭没有丝毫责任感的人。泽蔻有着连续五年的苦恼，他的父亲斯拉沃上尉总是记不得 3 月 9 号是他的生日，可怜的孩子就会希望"要是我能让 3 月 9 号从日历上消失，那我的生活就会轻松多了"。

　　因为有一个三八妇女节，泽蔻问母亲阿依达："为什么没有属于男人的节日呢？"母亲回答："因为对于男人们来说，每天都是过节。"泽蔻又问："可又为什么偏偏是 3 月 8 号，而不是别的日子？"他的哥哥戈岚说："为了让斯拉沃忘了你的生日！"

　　这位斯拉沃上尉都不愿意抱一下儿子泽蔻。"斯拉沃，我可怜的朋友……你就不能抱抱你的孩子吗？难道会抱断你的胳膊？"斯拉沃回答："不卫生！"

　　泽蔻母亲阿依达说过，等孩子们长大成人之后，她就把丈夫斯拉沃一个人丢在那儿，独自远走高飞，连地址都不会留给他。泽蔻的哥哥戈岚"整天眼巴巴盼望着自己什么时候能拿已故的父亲起誓"，"戈岚毫不掩饰这个关于父亲的阴暗念头：'赶紧断气吧，老东西！'"

　　这部小说集的最后一篇《婚姻中的陌生人》，库斯图里卡描写了一位与斯拉沃上尉决然不同的父亲，布拉措·卡莱姆是一位和蔼可亲的父亲：

> 我的父亲，布拉措·卡莱姆，热衷于讲述女人们的英勇壮举。他最喜欢的女英雄有圣女贞德、居里夫人、瓦莲京娜·捷列什科娃……当他讲起一位母亲在历史中所扮演的角色，情绪变得十分激动，就连心脏周围的衬衣都随之颤抖，他松了松领带，最后，竟然号啕大哭起来。
>
> "法西斯从萨拉热窝上空丢下一颗炸弹，莫莫·卡普尔的母亲，用自己的身体为她的小蒙西罗搭起一道屏障来保护他。最后他得救了，可卡普尔同志却在爆炸中丧生！"
>
> 泪水顺着他的脸颊流下。我看着他，自己也忍不住哭了起来——没错，哭了！不知究竟是什么感动了我——是我父亲，还是关于这个母亲的故事。

莫莫·卡普尔是一位作家的名字。小说里的"我"，也就是布拉措·卡莱姆的儿子，是一个小痞子，此后冒充莫莫·卡普尔的名字招摇撞骗，而且信口雌黄把当时经常出现在电视上的科学家切多·卡普尔说成了他的叔叔，与他的痞子伙伴科罗和茨尔尼整天鬼混在一起，做过的坏事一卡车都装不下，科罗是他们的头儿。库斯图里卡恶作剧般的描写里时常闪耀出正义的光芒，这让我们看到库斯图里卡是一位情感丰富和视野开阔的创作者，他在叙述里让痞子小卡莱姆自我感动地给两个痞子伙伴科罗和茨尔尼讲了那个高尚的故事：

我们三个聚在商店门口，喝点儿啤酒，然后等着佩顿的几个小崽子们，好向他们收过路费。我开始讲起莫莫·卡普尔母亲的故事，却突然鼻子一酸流起眼泪来。科罗立刻抓住我不放：

"哭唧唧的那个人哟……小娘们，走开！"

"就一滴眼泪而已！"

"一个痞子，一个真正的痞子，才不会哭呢。哪怕他老妈刚咽气！"

"那你呢，你老子死的时候，你兴许没哭吧？"

"不许扯我的事儿，记住了？！我是你的头儿。快点儿，咱们到那上面去！"

那位热衷于讲述女英雄壮举的父亲布拉措·卡莱姆是一个瞒着妻子在外面寻花问柳的高手，库斯图里卡这样写道："我父亲并不是按照南斯拉夫标准打造出来的。他身高一米六七，脚下垫着四厘米的增高垫；他的衣服都是找裁缝量身定做的，每次总要十分留心，让裤脚遮住增高垫。"布拉措·卡莱姆对他儿子解释用增高鞋垫是因为他的脊椎，不是为了身高。而他的小痞子儿子觉得男人们的增高鞋垫与女英雄们的光荣事迹不无关系，他注意到父亲看女人的时候"眼睛一眨不眨送秋波"。让女人被盯得难以承受："好了，卡莱姆同志，求您了！您让我不好意思了。"有一天他父亲从萨格勒布回来后与母亲争吵到深夜，科罗为此信誓旦旦地告诉他："这表明他在萨格勒布的情妇都把他榨干了。"

这就是库斯图里卡的恶作剧，让一个崇敬女英雄的男人到处搞女人，最后竟然跟儿子在一对姐妹那里汇合了——儿子的是姐姐，父亲的是妹妹。小说结尾的时候父子两个达成默契，父亲请儿子帮个忙，儿子问什么忙，父亲说："如果哪天我突然死了，你必须第一个赶到我身边，你得收好我的电话簿，让它永远消失。"儿子毫不犹豫地回答："好的。"

写到这里我想起了一个真实的事例，也是发生在东欧那里，不是塞尔维亚，当然我不能说出那个国家的名字，以免我的朋友日后被人对号入座。这位朋友在他父亲五十岁生日即将来到之时，与他留学时认识的一位法国女同学联系，邀请她来自己的国家游玩五天，所有的费用由他来出，条件是陪他父亲睡一觉，那位法国女同学同意了，于是他父亲在五十岁生日的晚上与一位年轻的法国女郎共度良宵，他则是陪着母亲喝酒聊天到天亮。在那里，男人过生日时与家人吃完晚饭和蛋糕后，就会出去和朋友们在酒吧里喝酒喝到天亮，所以这位朋友的母亲没起疑心，而且有儿子陪着聊天感到很高兴，她不知道这是儿子的拖延战术。这位朋友的父亲后来得意扬扬地把这个特殊的生日礼物告诉了自己的弟弟，让他的弟弟十分羡慕，希望自己的儿子在他五十岁生日时也能送上这样的礼物。在这个世界上，有时候父与子这样两个男人之间的阴谋，是那些母亲和女儿和姐妹们无法探测到的。

《奥运冠军》和《肚脐，灵魂之门》应该是这部书里的两个短篇小说。《奥运冠军》显示了库斯图里卡刻画人物的深厚功力，一个名叫罗多·卡莱姆的酒鬼，曾经五次获得过南斯拉夫业余无线电爱好者比赛冠军，这个热心肠的酒鬼总是醉醺醺地问别人："我亲爱的，你们有什么需要吗？"他没有一次的出现是清醒的，直到最后烧伤后浑身缠着绷带躺在医院里才终于是清醒的，但是口齿不清了。库斯图里卡把罗多·卡莱姆的醉态描写得活灵活现。

《肚脐，灵魂之门》是库斯图里卡的《波莱罗》，他把拉威尔的变奏融入到阿列克萨这个孩子一次又一次对阅读的抵抗之中，这个短篇小说里出现的第一本书是布兰科·乔皮奇的《驴子的岁月》，最后也是这本书，就像所有的变奏都会回到起点那样，阿列克萨终于读完了人生里的第一本书。为了庆祝儿子读完第一本书，父亲把《驴子的岁月》的作者布兰科·乔皮奇请来与阿列克萨见面，让阿列克萨紧张得说话都结巴了。当母亲在阿列克萨耳边私语："跟他说说你觉得《驴子的岁月》怎么样……"儿子回答："有什么用，他比我更清楚！"

变奏的技法在小说中出现时很容易成为无聊的重复，然而库斯图里卡有办法让重复的叙述引人入胜。结尾出人意料，是布兰科·乔皮奇的结束。"第二次世界大战后，布兰科·乔皮奇从波斯尼亚的戈脉契山里来，到贝尔格莱德寻找他的叔叔。没有找到人，他睡在了亚历山大·卡拉乔尔杰维奇桥上。"多年之后，当"灵魂已被南斯拉夫的悲剧吞噬"之后，布兰科·乔皮奇又来到了贝尔格莱德，库斯图里卡在小说的最后这样写道：

> 一天，布兰科·乔皮奇重新回到了他曾经在贝尔格莱德睡了一夜的地方。没有一个人向他致意。一个女人停下来，一脸困惑地盯着他走到桥的另一端，微微抬起胳膊向他致意。现在轮到布兰科停下了脚步，在跨过桥栏前，他瞥见了这个女人，也看到了她的手势，知道她想向他致意。他转身朝向她，回应了她，然后匆匆跃入萨瓦河。

库斯图里卡的写作自由自在，没有人可以限制他，就是他自己也限制不了自己。他小说中的情节经常是跳跃似的出现，这可能与他的电影导演生涯有关，很多情节与其说是叙述出来的，不如说是剪辑出来的，所以他笔下的情节经常会跳到一个意料之外的地方，是否合理对他来说不重要，重要的是他是否感受到了讲故事的自由。

在上海的时候，他给我讲过准备拍摄的下一部电影，他讲述了第一遍，又讲述了第二遍，我感觉他是在自言自语，讲述到第三遍的时候，突然里面一个重要的情节逆向而行了，一下子颠覆整个剧情，他的眼睛盯着我，等待我的反应。我说直觉告诉我这样更好。他微笑了，直觉也告诉他这样更好。我看着他，心想坐在对面的这位塞尔维亚朋友的思维里没有边境，他的思维不需要签证可以前往任何地方。

他小说中的情节经常是这样，经常会突然逆向而行，就是细节也会这样。在《最终，你会亲身感受到的》里，表兄内多偷偷教还是孩子的阿列克萨如何自慰："你往浴缸里倒好热水，然后关起房门，接下来你泡到水里……让你的右手动起来吧!"阿列克萨勃然大怒："可我是左撇子啊!"

在南斯拉夫，在塞尔维亚，很多人认识埃米尔·库斯图里卡。去年6月我们在贝尔格莱德的两次晚餐之后离开时，就会有人走上前来请求与他合影，他很配合影迷的请求，眼睛友好地看着镜头。今年1月27日，他开车带我们几个人从塞尔维亚的木头村前往波黑塞族共和国的维舍格勒。冬天的树林结满了霜，漫山遍野的灰白色，我们在陈旧的柏油公路上一路向前。来到波黑边境检查站时，一些车辆在排队等待检查，边检人员认真查看坐在车里人的证件和护照，我们的车绕过那些车辆以后放慢速度，库斯图里卡摇下车窗玻璃，对着一位波黑边境的检察官挥挥手，那位检察官看见是库斯图里卡，也挥挥手，我们的车不需要检查证件护照就进入了波黑。

我笑了起来，听到我的笑声后，库斯图里卡的双手在方向盘上做出了演奏的动作，他说："这个世界上不应该有边境。"

2018 年 7 月 26 日

多么不幸

德拉甘·泰奥菲洛维奇之所以被谑称为"泽蔻①"——小兔子——是因为他爱吃胡萝卜，但也不只如此。他那双大眼睛能够看到特拉夫尼克城②里鲜有人注意到的东西。1976年3月8号，他背倚街灯，远远想不到自己的人生将要面临怎样的转折。就在他目不转睛地注视着11月29号③大街上亮起来的霓虹灯时，一个疑问使他愁苦无比：五年来，为什么他的父亲总是记不得3月9号是他的生日呢？他的父亲，斯拉沃·泰奥菲洛维奇，这个因为赖了朋友三十平方米的小石板和十公斤的胶水而"名声在外"的一等上尉，并不知道怎么办！

与他年纪相仿、住在同一条街上的男孩子们正在踢球，军

----

① Zeko：塞尔维亚语中"小兔子"的意思。——译者注（如无特别标注，本书注释均为译者注）

② 位于波斯尼亚和黑塞哥维那中部的城市。

③ 11月29号为街道的名字，非日期。——编者注

官们也正为3月8号南斯拉夫人民军① 之家的舞会做准备。泽蔻把视线从路灯上移开，转而投向十字路口和铁路桥。

"唉，"他心想，"要是我能让3月9号从日历上消失，那我的生活就会轻松多了。"

然而，他的痛苦并不仅限于此。看到小面包包装袋、褶皱的烟盒，还有各种各样的垃圾被人从车窗里抛出来，他感到完全无法忍受。可偏偏这个时候，泽蔻看见一辆菲卡② 以六十迈开外的速度窜了出来，毋庸置疑，还顺便奉送了一份令人不怎么愉快的"惊喜"。车上的人要么会冲他大骂："臭基佬，看什么看？！"要么用粗言秽语对他一番狂轰滥炸。车喇叭一阵鸣响之后，从蝴蝶门车窗里伸出一只手，手中挥舞着一个空盒子，盒子上面写着"支气管，咽喉的清理工！"

"蠢货，你干吗要弄脏我的地盘？！"

泽蔻一只手狠狠地挥舞着那个盒子追着车跑了一阵儿。这一路上，他还捡了些其他的破烂儿，一并塞进一个大些的箱子里。可是，想起以前也正是在这个十字路口，还遇到过比现在更糟糕的事情，他渐渐平静了下来。

1975年以前，驾驶员西罗，总会开着火车从这铁路桥上经过，他按响火车头的汽笛，排出一股掺杂着煤烟的蒸汽。在风

---

① JNA（Jugoslovenska narodna armija）：南斯拉夫时期的人民军队。
② 菲亚特500车型的昵称。

的作用下，一眨眼的工夫，晾晒在周围的衣物又变得脏兮兮的了。特拉夫尼克城的阳台上怎么能是这样的呢！泽蔻不愿接受。还有些日子，就在西罗用烟熏遍整条街的时候，偏偏还有几只手顺着车窗往外扔垃圾！

怎么办？是该下楼去清理街道呢，还是冲到阳台上把晾晒的衣服收进屋子？

泽蔻总能在最糟糕的时候做出最好的选择。

他先丢下垃圾不管，赶忙冲到阳台上把被单和父亲的衬衫都收起来，这样一来，就可以免得母亲白白生气了。而至于街口的清洁问题，则是以后的事。

有的时候，风会让他措手不及，垃圾都被风裹挟到拉萨瓦城里，这让他很抓狂。春天，沿河的树杈上挂着五颜六色的塑料袋，这景象着实令他无法忍受——这总能让他回想起彼得·梅萨瓦兵营的墙，他父亲曾在那儿服役。于是他带着根木棍，冲过去把那些树杈叶簇一顿搅和。那些塑料袋子非但没掉下来，反而被扯得乱七八糟，缠得更紧。于是，他愈发猛烈地一通敲打，直到那些树枝都被打断了。

"如果有人看到我，"他心里思量着，"肯定会把我当成疯子！"

虽然泽蔻的生活是痛苦的，但是也会有甜蜜的部分。还好，他有一位知己可以倾诉衷肠。

泰奥菲洛维奇家住在一栋五层高的公寓楼里，他们家楼下有个地下室。地下室里放着一个废弃的浴缸，里面扑腾着一条鲤鱼，是上尉特意为了十二月的斯拉瓦节^①买的。浴缸上方的水泥墙上钉着一块小木板，上面用粉笔写着："多么不幸。"

　　泽蔻的哥哥戈岚，整天眼巴巴盼望着自己什么时候也能拿已故的父亲起誓，这让他成了11月29号大街上的红人。要想达成这个愿望，当然得等到斯拉沃上尉过世了。在跟弟弟的对话中，戈岚毫不掩饰这个关于父亲的阴暗念头让他变得有多激愤。

　　"赶紧断气吧，老东西！"

　　但是，泽蔻并不像他的哥哥那样暴戾。

　　"你看，他想得多周到，"他回答道，"刚到三月，他就把十二月要用的鱼搞到手了。多棒啊，不是吗？"

　　"你可真会说笑……就是因为不要钱，他才弄来的。"

　　"不要钱……怎么可能？"

　　"小菜一碟。他和一个士兵的老爹串通好了，让当儿子的回诺维萨特过周末！你，我的小弟弟，真是啥也不懂！"

　　"什么？！"

　　"为了弄到不花钱的玩意儿，他可是连屁股都会卖！"

---

　　① 塞尔维亚东正教的传统节日，其目的是为了赞颂保护家庭的守护神，一般家庭会在每年的圣徒斋日上庆祝斯拉瓦节。

泽蔻确信四下无人，偷偷摸摸潜入地下室。他重新关上地下室的通风窗，戴上一个面罩。在浸入浴缸之前，他插了根透气管在嘴里。他把头浸在水里，然后是身子，唯独两只脚还露在外面，抵着浴缸的边沿。就在这时，米莉迦娜·加西斯，社会主义共和国的先锋、波黑国际象棋冠军，也进了地下室。这个场景对泽蔻而言再熟悉不过了。黑色的直发被精心梳成豪迈王子的式样，苍白的面庞中央，一双午夜蓝色的眸子。正是这双眼睛，在接来下的半个月里时刻凝视着她。只是她不知晓这个男孩和这条鱼互相说了些什么。米莉迦娜陷入无尽的猜测之中。小木板上既然已经写着"多么不幸"了，还能怎样呢？然而，让这个聪明的小姑娘屈服的，可不仅仅是好奇心。连续几日，她时刻关注着泽蔻，满怀爱慕而又谨慎。她甚至常常追寻着他的足迹走遍特拉夫尼克城的大街小巷！只要他一出现，她就为他着了迷。她的双眼有多渴望见到他，心中就有多害怕见到他。这个恋爱的人儿，甚至都日渐消瘦了。而这段时日内，泽蔻则一如既往地向他的大鱼诉说心事。鲤鱼只会时不时张张嘴，示意已经完全明白了他的话。泽蔻曾向他的父亲说起，他在俄文小说《切文古尔镇》[1]上看到过，一条鱼儿缄默不语并不是因为它愚蠢。

---

[1] 苏联作家安德烈·普拉东诺夫 1926 年至 1929 年所著的一部小说。

"对于人类来说，"他父亲回答，"可不一样。只有那些蠢货才会沉默不语。鱼没有任何理由喋喋不休。它一言不发是因为它知道一切；而并非像有些人以为的那样，是因为它无话可说又很愚蠢。"

"在我们家，"泽蔻向鲤鱼解释道，"活着真累。戈岚只有一个愿望，就是我们的父亲快点儿死。而我的父母呢，他们二人剑拔弩张。我母亲曾对父亲说，她只等着孩子们长大成人，之后就把他一个人丢在那儿，独自远走高飞，连地址都不会留给他，因为他只知道顾自己。而我呢，我的看法有些不同。我认为父亲是个正直的人。你要知道，鲤鱼，这很滑稽：表面上看，他简直就是神；可实际上，他就是个可怜的人。他就像士兵的床铺，表面上看似方方正正、整整齐齐，可下面的床垫几经虫蛀鼠咬，早已变得稀烂了。我的头脑中何尝不是这样，一切都变得破碎，就像有一只老鼠钻进了奶酪里。"

米莉迦娜走得很及时。通常，在交谈结束的时候，鲤鱼总会跃出水面几回，这让泽蔻深信它也同样因为有人陪伴而感到幸福。

"大地回春三月天。"长辈们总是会在初雪渐融之际说道。这话是对是错，无关紧要，但是在波黑，总有一大群人无法忍受从冬到春的骤变。泽蔻讨厌三月。他早就明白：都是因为 3 月 8 号的妇女节，大家才会忘了他的生日。然而，午饭期间，泽蔻又挑起已经平息下去的话端：

"为什么没有属于男人的节日呢？"他问母亲阿依达。

"因为对于男人们来说，每天都是过节。"

"可又为什么偏偏是 3 月 8 号，而不是别的日子？"

"为了让斯拉沃忘了你的生日！"戈岚哂笑道。

今年还是一样，泰奥菲洛维奇一家要在 3 月 8 号举行隆重的"家庭游行"。阿依达和戈岚一言不发，他们坚信这会是最好的选择：他们的话越少，斯拉沃就越少有机会强词夺理大肆说教！突然，泽蔻从斜堤上小跑下来蹚进萨瓦河^①里。他在河中央站定，水刚及脚踝。他希望借此引起父亲的注意。

"我们只有这一条河，为什么居民们不能团结起来清理河道呢？"他发问道。

"快出来，不然你会得肺炎的！难道你非得要多管闲事吗？！"生怕儿子成为班里第一个感染肺炎的人，阿依达赶紧大声喊道。

"这孩子，脑袋里净装些什么呀！"

泽蔻瞥见河中央立着一块庞大的岩石。母亲说了什么他毫不在意，而是兀自盯着被微风吹皱的水面，还有脚边隐约可见的小石子。

---

① 流进波斯尼亚中部地区的一条河流。

他思忖着："在这些卵石下面，可能有一片难以挪动的岩坝。就像我们家一样：我们都希望日子能有所好转，却总有某种沉重的力量在牵绊着，让我们步履维艰。"

听到母亲一再呵斥，泽蔻从河里走了出来。阿依达脱掉他的鞋子，搓搓他的脚趾，又呵了几口热气暖他的脚掌。泽蔻期待着他的父亲能有所行动。

"斯拉沃，我可怜的朋友……你就不能抱抱你的孩子吗？难道会抱断你的胳膊？！"

"不卫生！"

"怎么？抱抱自己的孩子都不卫生吗？"

"一些看不到的病毒正威胁着整个世界。受难的可不仅仅是人们想到的苏联人和美国人而已。到时候，整个世界都完了！"

"如果你说的那个世界要完了，那还真是个损失呢！得啦，快点儿抱抱他吧……"

拉佐·德罗比亚克，这位统率着彼得-梅萨瓦兵营的上校，因为妻子斯维特拉娜的不孕症而苦恼不堪。虽然经受着这样的痛苦，他们还是成双成对地走进了南斯拉夫人民军之家。知道在这儿难免会碰到泰奥菲洛维奇上尉，上校强压住心中的怒火。泰奥菲洛维奇，作为军人的泰奥菲洛维奇已然让上校很恼怒了，作为普通人的他更甚！他知道斯拉沃为克拉古耶瓦茨那些当兵的保管便服，以便他们周末换装到舞会上喝酒撩妹。最近，只要斯拉沃在军营值班，士兵们就都偷偷溜进城里去了。他这么做倒是有助于士兵们培养地方爱国主义、"联系群众"了，但却严重地败坏兵营的名声，还让他的上司脸上无光。说实话，就算作为上校的德罗比亚克能够宽恕自己的一等上尉玩忽职守，但是作为一个男人的他可就对此忍无可忍了。一天，在戈利亚山上搞演习的时候，德罗比亚克上校注视着桌布上的一块污渍，不停在指间转动酒杯，发问道：

"人类是从猴子变来的，不是吗，斯拉沃？……照你看，人类以后会演变成什么呢？"

"这个问题啊，该去问那些脑袋里有货的人！我们这些当兵的可不用操心！"

"我觉得人类再进化就该变成马了。"

"变成……马？！我的上校，您是怎么知道的？"

"光是看看你就知道了，斯拉沃。在我看来，毫无疑义。"

"光是看看……我？"

"你就是一匹马，斯拉沃！没错！一匹种马场的马……噢！噢！噢！来自利皮卡①。一匹阅兵式上的马……"

---

① 斯洛文尼亚的著名种马场，以出产一种高级骑术马闻名。——编者注

上校开始发出像马一般的嘶叫声。他笑得很厉害，竟然咳嗽起来，差点儿喘不过气。大家赶忙把他抬上一辆坎帕诺拉① 送到医务室，给他供氧，让他调整呼吸。

斯拉沃也没闲着。他四下散播关于德罗比亚克的各种故事，尤其是对他那位为反间谍局效力的库姆② 讲得最多。此后，每当上校在兵营里碰到上尉，就发出像马一样的嘶鸣，声音高低视心情而定。

当他们顺着通往人民军之家大厅的楼梯往上爬时，德罗比亚克上校拿泰奥菲洛维奇一家人来消遣：他嘶鸣着，像一匹马。斯拉沃苦笑着，嘴都快咧到耳根了，他宁愿相信阿依达和孩子们都不知道这到底是怎么一回事。

国际象棋比赛上，大师格里高利奇正与特拉夫尼克城的棋手们进行车轮战，他们之中既有军人，也有普通百姓。大师风度为他赢得尊重，场上十分安静：除了在木地板上吱嘎作响的脚步声和棋子在棋盘上的碰撞声外，再无任何声响。众棋手围成一圈，米莉迦娜·加西斯也在其中。就在格里高利奇移动棋子的刹那间，她和泽蔻的眼神交会了。姑娘垂下眼帘急忙躲避，可她的目光忍不住又飘到泽蔻身上。大师发现她心不在焉，而且目不转睛地盯着那个男孩，便将手指在棋子上方稍做停留，

---

① 意大利制造商依维柯旗下的一款越野车。
② 东正教的神父。

迅速下了一步棋，然后走到旁边的棋桌去了。因为米莉迦娜的目光，泽蔻一时间不知所措，便溜到大厅的另一头去了，他跑向领奖台，校合唱团正在那里重新整队。这可是她梦寐以求结识对方的时机，米莉迦娜心里清楚得很。她起身离开桌子，拼命地穿过大厅，就在泽蔻准备踏上台的一霎拦下了他。

"我认识你！"

"你瞎说什么呢！"

"而且认识了很久，很久了！"

"那你想要我怎样啊？"

"我喜欢你。"

"你在跟我唱哪出戏？！你没看见大家都看着我们吗？！"

泽蔻混进合唱团里没了踪影，米莉迦娜只好返回她的棋桌——格里高利奇正微笑着等她。这位大师大吃一惊：他仔细研究了棋盘，竟不敢相信自己的眼睛——看看棋盘上几个棋子的位置，他竟无路可走了！他被将死！在完全接受这一事实之后，他开始拍起手来。在场的所有人都为米莉迦娜·加西斯的出色表现鼓掌喝彩——除了泽蔻，这个小伙子正躲在合唱团最后一排，焦急地等待着盛会的开始，等待着《嘿，斯拉夫人！》①

———————————

① 南斯拉夫国歌。

第一个音符奏响。

1976 年 3 月 9 号，阿依达·泰奥菲洛维奇醒来时头疼得厉害——这是劣质酒以及头天晚上和丈夫吵架导致的。在妇女节这天，她本想好好利用这个机会给丈夫列个清单，说说这十五年来她都承受了什么。她轻轻推开门，走进男孩子们的卧室。窗帘一拉开，阳光顿时涌进了这个小房间。泽蔻猛然从床上坐起，睁开双眼，斜眼嚷道：

"我第一节课又要迟到了！"

"怎么会呢，小傻瓜！今天是周日，是你的生日。"

阿依达温柔地抚摸着他的头发，送出了早已准备好的礼物。

泽蔻一边往厨房走，一边套上这件手工织的天蓝色毛衣。镜子里的影子让他微笑起来。到了厨房，戈岚也递上了他的礼物：几根用蜡纸包裹着的巧克力棒。泽蔻迫不及待地跑去街上离家二十米的地方买面包了。

阿依达直追到门口，手上拿着一件风衣。

"你会感冒的，穿上点儿衣服！天太冷了！"

一回到厨房，泽蔻就把面包切下四分之一，里面塞进巧克力棒——整整五根。巧克力面包！这是一场属于他的盛宴……他用牙咬进这份生日礼物里，欢呼道：

"世界上再也没比这更美好的事情了！"

早餐之后，他开始忙活起来。不管是不是周日，他做什么都要遵守一定的条理。点油灯真是门艺术。控制气流的进出可没那么简单，必须要用嘴往小油管儿里吹气才行。这样一来，他的生日礼物巧克力染上了一股子煤油味。他一边给煤油灯装油，一边暗暗寻思父亲会不会又忘了他的生日，一滴煤油恰巧落在了母亲送的礼物上。

"阿依达，这下完了……泽蔻，你有的受了！"他自言自语道。

他像小丑那样在厨房里猫起腰，躲在房子的角落，只露出鼻子，胳膊也藏得严严实实，免得母亲发现他袖口上的污渍。

自从父亲买了一辆瓦特堡轿车，二楼的邻居们发现大楼附近的蚊子都消失了。轿车的二冲程发动机一发动，排出的烟雾立即笼罩住一楼，就连二楼的昆虫也都丧了命。斯拉沃说，东西再干净都不为过，如此崭新的瓦特堡一定不能离开我们的视线。

瓦特堡一停妥，泽蔻就决定再次称赞父亲的智慧。

"斯拉沃真是太精明了！他把车停在路灯下，什么都一清二楚。一看到光，小偷们就都溜了！"

"跟我说实话，兄弟……你是真傻还是故意这么说的？"

"傻……我？"

"斯拉沃就是个蠢货！"

生日这天，到了向鲤鱼吐露心声的时间了，泽蔻站在楼梯下面，地下室的门口，米莉迦娜拦在了他面前。她手上拿着一束白玫瑰。

"生日快乐！"

"波黑共和国的象棋冠军跑到'多么不幸'来干什么？"

"问题不在这儿。"

"那问题在哪儿呢？"

"我喜欢你，我来祝你生日快乐。我愿意为你做任何事情。"

话音刚落，小姑娘就慌忙跑开了。泽蔻一时没回过神来，他还有几件事想跟她说清楚呢。任何人都无权进入"多么不幸"，哪怕是他的父亲，许久以来他一直在试图获得父亲的关爱。但是，如果只有一个简单的抚摸或者亲吻，他可不会买账。每当想到他们那个位于多涅-萨班塔①正在施工的乡村别墅，泽蔻就会感到一阵眩晕。

想把必需的建筑材料全都运过去，这辆瓦特堡显然太小了。于是，每隔两个星期的周日，当斯拉沃不用值班的时候，泰奥菲洛维奇一家就会出发去塞尔维亚。在临近萨拉热窝的地方，车子又一次停了下来，父亲从被人丢弃的碎砖破瓦和水泥块里

---

① 塞尔维亚中部的一个村子。

拾掇出一些还能用的，全都塞进后备厢里，满到齐边。他费了不少气力，重新把后备厢盖给合上了。等到了下一个垃圾堆，他又支使阿依达、戈岚、泽蔻他们将这些鸡零狗碎的材料抱个满怀。对泰奥菲洛维奇一家人来说，在尼斯察山上的红绿灯咖啡馆停车，可不是一般意义上的休息。母子三人就像斯拉沃的兵，由着他发号施令，他们的多涅-萨班塔之行更像是一次军事拉练。阿依达、戈岚、泽蔻三人从车上下来，步履蹒跚，不时轻轻咳嗽，神情恍惚。他们把这些建材从车上卸下来，像个农民似的小心翼翼地把它们藏在茅屋后面，只希望在他们回来之前不会有人来给偷走了。

对斯拉沃来说，走贝尔格莱德-尼什高速路可真是件头疼事儿。一旦发现某个碎砖堆，他可不乐意突然刹车，生怕会引起连环追尾。随后，就像战时行军那样，他先停下车子，再以冲锋战士的迅猛之势倒车行驶，仿佛带着一颗向死的心违反军法。在这和平年代，这对上尉来说是难得的兴奋时刻。他倒车的时候，更容易想象那堆建材嵌入他那乡村别墅的墙里的样子。他微微侧身，视线紧紧擦着建材和家人的头顶，车子蛇行而退，一直倒到他选好的垃圾堆前。就在父亲马上大功告成之际，泽蔻像个小侦察兵一样难掩喜悦：

"那儿，老爸！那儿有好多材料……而且还没人看着！"

阿依达和戈岚从一堆碎砖块后面抬起头来，面面相觑：

"很多……还没人？！"

"……对，就在那！"

泽蔻指着那个位置，然后在后视镜里期待着父亲能对他眨眨眼，权当是"任务成功"应得的奖赏。

他们一把这堆"天上掉的馅饼"全部塞进瓦特堡里，车子马上变成了一艘随时可能在海底搁浅并让船员缺氧的潜水艇。阿依达捕捉到了戈岚和泽蔻慌乱的目光，她花了大气力，终于腾出一只手摇下了车窗。这趟旅程在前进和后退之间艰难地来来回回，让他们所有人都没了时间观念。至于空间观念，最好也不要提了。当前进和倒退的次数远远超出了他们的预期，当家人们被倦怠侵袭，斯拉沃便站了出来，开始引经据典：

"伟大的列宁曾经说过：'后退一步是为了前进两步！'"

但是，据阿依达和孩子们估计，他们家的情况更像是前进两步，后退两步。或者，更确切地讲——而且是显而易见的——寸步未移。这计算只有在全家人与祖父母——斯拉沃的父母——简短拥抱，还有斯拉沃在乡下别墅的墙上挂写着"地雷，危险！"的二战时期的木牌时，才会出现误差。

他太担心被盗了。

随后，上尉一路狂飙，赶回特拉夫尼克城工作。在泽蔻的回忆里，在瓦特堡的后车窗里，剩下的只是斯拉沃的母亲那伤感的眼神，还有斯拉沃的父亲在他们的儿子、儿媳还有孙子们临行前的祝祷。当祖母最后在瓦特堡的车厢里把一根火腿放稳后，在泽蔻的脑袋里，时间仿佛变成了一个旋涡。

为了避开米莉迦娜，泽蔻遮掩着弄脏他羊毛衫袖口的煤油渍走进了厨房。他的动作像极了贝尔格莱德游击队^①的前锋伍科维奇：每次下决心要赢得比赛时，他就会放下球衣的袖子。阿依达告诉他，他的父亲刚刚派人给家里捎了口信。

"他希望一小时内能在兵营看到我们！还说他给你准备了一份礼物。"

"不会吧……"

"如果你不相信，就自己看吧……"

"可是戈岚说你昨晚对爸爸做了好一通工作。"泽蔻提醒道。

"快点穿上外套。昨晚的事跟你一点儿关系都没有。"

"也许吧，可要是没有你，他可能永远都记不起泽蔻的生日！"

"住嘴，戈岚！他在信上都说了，他准备了令人难忘的礼物。"

"我想……可能会是……一辆自行车！"泽蔻欢呼道。

_____

① 贝尔格莱德的一支足球队。

泽蔻激动不已，脸颊涨得通红。他们一行人沿着从萨拉热窝到特拉夫尼克的铁轨往前走，这曾是西罗的必经之路。泽蔻打头阵，戈岚紧随其后，阿依达走在最后。她很高兴：丈夫终于要实现儿子的愿望了。泽蔻兴高采烈，实在想象不到等待他的会是个怎样的礼物。

"他要是想弥补，"戈岚说道，"那得花掉他所有积蓄才行！"

泽蔻回想起他母亲的哥哥曾给他看过一张照片：一辆脚踏玩具汽车。

"说不定……"他自言自语道，"会是一架上发条的玩具飞机，起飞和降落的时候就像一朵花一样。再或者，没准儿是个小狼狗呢……"

阿依达吃力地在后面跟着。从头天夜里的舞会开始，她就总想吐。都是因为喝了太多酒，她还冲斯拉沃的脸上一通乱扔。

"男人们啊，真应该给他们都安上大鼻子！"她絮絮叨叨地说。

但她也因此笑容不断。

"等等我，孩子们……我走不动了……看在老天的分上，你们走慢点吧！"

对于泰奥菲洛维奇一家人来说，在已经废弃了的铁轨上奔跑是一种消遣，一种玩乐，是斯拉沃给他们的生活带来的一种改变——给家里添置辆车或是给他们送生日礼物。

"至少，如果不是一艘帆船的话，那很可能就是一场空欢喜。"

"够了！"阿依达一边喊，一边抢着手里的包打戈岚，却被他避开了。

泽蔻想，这段到兵营的路与他们一家到多涅-萨班塔的行程果然没有任何可比性。不论从哪个角度看，时间的流逝都没有被父亲或是列宁的想法打断。他耳边响着窸窣的风声，一阵轻柔的战栗袭遍全身。

一名年轻的一等兵正在彼得-梅萨瓦兵营前站岗。当泰奥菲洛维奇一家人走到他旁边时，这名士兵带着一个大大的微笑抚摸了泽蔻的脑袋。

"好兆头。"泽蔻心想。

"您还好吗，阿依达同志？"士兵询问道。

"很好。我们为祖国效力！"

她指了指孩子们。

一辆越野车载着他们朝一个库房驶去。几只喜鹊在兵营上空飞来飞去。车在库房前停了下来，那个年轻的士兵帮助今天的主角从车上下来。库房那扇沉重的大门一打开，斯拉沃上尉的身影就出现了。他指挥四辆 T-84 坦克停下来。

"我亲爱的家人们，欢迎你们的到来！"

泽蔻开心地看着他的父亲。

"这份礼物肯定会像国庆节的烟花一样！"他心想。

突然，父亲紧紧抓住泽蔻的手，拖着他朝其中一辆坦克走去。这个男孩呼吸急促起来，双眼紧盯着斯拉沃。他们走到坦克车旁边，一个头戴贝雷帽的坦克兵从顶舱门探出头来，紧跟着行了个军礼。斯拉沃把泽蔻从地上抱起来递给坦克兵，后者用强壮的双臂接过男孩，然后轻轻安放在坦克内舱里。泽蔻在坦克兵身边坐定。家人们都围过来扒在顶舱门口。泽蔻抬头就能看到他们每个人的脑袋。他眼睛不眨一下，目光追随着坦克兵那只不断移动的手，先是抬起，然后拉下控制面板上的开关。紧接着，士兵用力抓住泽蔻的胳膊，给他指出红色的启动按钮。泽蔻用眼神询问父亲。斯拉沃慷慨地点了点头表示同意，男孩于是按下了开关。发动机立刻开始发出轰鸣声，虽有装甲车的铁甲防护，泽蔻仍然感受到了一股强大的马力，使他整个身子都震颤起来——不单是他的身体，还有泰奥菲洛维奇一家每个人的身体。在这不可估量的力量之下，一切都在抖动：钢铁在颤动，泽蔻也在颠簸，连同他的脸颊、他的心脏！不知道为什么，米莉迦娜·加西斯的面庞突然浮现在他眼前。在震颤之中，在他的眼前，米莉迦娜的轮廓渐渐清晰起来；她的发式让他喜欢，她的双眸向他证明眼前的人正是她。

斯拉沃先转向阿依达，又低眼看向泽蔻，向他伸出手臂。

"德拉甘，我的孩子，生日快乐！"他喊道。

男孩没有听到。发动机的强大力量弄得他神情恍惚。他还在等待着他的礼物，心想按下红色按钮就是生日欢庆的开始。但是他不知道，庆祝已经结束了。

泰奥菲洛维奇一家踏上了回家的路，一路上默不作声。

"戈岚……"泽蔻说道，"每次生日都过成这样，我的人生还能是什么样子？"

"明年，你还是逃不掉……也许到那个时候，你就有权利打一发压缩空气子弹了！"

"我的人生真是太没意思了……"

泽蔻开始沿着那条废弃铁路跑起来，为了在哥哥面前掩藏沿着他面颊滚落的泪水，也为了把其他人甩在身后。

"人生真的毫无意义，"他思忖着，"多么不幸，仅此而已……"

可是，随着米莉迦娜·加西斯的面容一点点靠近，他的心又重新温热起来。其实，泽蔻列过一张单子，里面记载着所有爱他的人的名字。当然，这张单子也能帮他排除所有不爱他的人。一切都明明白白了。他的母亲？那当然，因为她是他的母亲！他的哥哥？只是兄弟罢了。只有当他在大街上被人欺负时，他们之间的感情才会有所显露。所以，也并不作数。他的父亲？他只爱自己。不做考虑。都是因为他，什么都搞砸了。终究，只剩下……米莉迦娜了。可她也算不了什么……

路边一栋房子里，传来狗叫的声音。泽蔻停了下来，透过围墙偷偷朝里瞄了一眼。就在他翻出袖子擦眼泪的时候，一条狼狗正在试图挣脱粗实的锁链。身为一条狗，却无法接受自己永远不能成为狼的事实，它是不是正是这样一条狗？它身形壮硕，脏兮兮的，脑袋很大，疯狂地低声吠叫着。它看上去就很危险——但表象并不能代表什么。这条狗嗅到了人的气息，为了看清谁会对它不利，它不再趴在干裂的地面上，而是用两条后腿蹬地，蓄势伺机猛扑出去。泽蔻见不得这牲畜受苦，于是急忙上前拉扯那缠在一块儿的锁链。那条狗停止扭动，四爪撑地，猛地转过身来。它嘴巴贴着地面靠近泽蔻，朝着男孩的脚一口咬下去。泽蔻疼得嗷嗷大叫。他被吓得动弹不得，一直盯着这低声嗥叫的牲畜。在不断的拉扯下，链子终于断了。摆脱了所有束缚，这条四脚畜生气势汹汹地朝着泽蔻跑来，男孩赶忙连连后退。突然，男孩竟一时小便失禁，尿液顺着大腿淌了下来。泽蔻在院子里步步后退，这时传来了阿依达的声音：

"天呐，快离开那儿！快！"

戈岚最为眼疾手快，他从栅栏上拔出一块板子，一颗大钉子还钉在上面。可正当他设法瞄准这畜生的脑袋时，那狗竟朝泽蔻猛扑过去，又咬了他左半边屁股一口。而斯拉沃，就站在栅栏旁边，一言不发地看着眼前的场景。阿依达扯住泽蔻的衣服用力一拽，戈岚顺势把那颗钉子插进狗的两眼之间。

"只有白痴才会被拴着的狗咬伤两次！"斯拉沃上尉宣称道。

在门诊打了白喉血清之后，他们回了家。泽蔻却一直听到父亲那句话在耳畔回响："只有白痴才会被拴着的狗咬伤两次！"这句话毫无疑问另有所指，但他却并不想再去深究了。那个"白痴"，肯定是在说他，德拉甘·泰奥菲洛维奇。而更可悲的是，持这种想法的人是他的父亲。

这天晚上，泽蔻比往常拖沓许多。他在注满热水的浴缸里赖了半晌，慢腾腾地刷完牙，然后对着镜子将自己仔细打量了一番。最后，他到床上躺下，不声不响，凝视着天花板。在他旁边，戈岚正在看一本画报。

"生活是不是也像河底那样一成不变？"

"你叽里咕噜地说什么呢？"

"我今天都见识到了。风吹的时候，只有水面会荡漾，而在水底，却毫无波澜。"

"我什么也没听懂……"

"我，我想改变这一切。"

戈岚没有觉察到弟弟的绝望，否则肯定会跟他好好聊聊。

泽蔻等着所有人都睡下，好能够下楼到"多么不幸"去。被狗咬伤的地方让他痛苦不堪，可与他那颗幼小的心灵所承受的伤痛相比，简直微不足道。将近午夜时分，全家人都已进入梦乡，整个特拉夫尼克城也几乎都沉沉睡去了，这时泽蔻爬了起来。

他做了决定：今夜将会是自己最后一次拜访"多么不幸"。他下楼走进地下室，甚至都没有确认四周有没有人。晚风裹挟着寒意，从萨瓦河岸吹过来。透过敞开的通风口，飘来一阵令人作呕的气息。不知怎么，他又想起那块千百年来在水中央一动不动的巨石。他慢条斯理地脱着睡衣，仿佛在暗暗期待会有某个人来阻拦他做蠢事。他突然想起同小区两兄弟的事儿。弟弟从六楼跳下，在柏油路上摔得稀巴烂，这时，当哥哥的把鼻子凑到窗户边，大喊一声："蠢货！"说完，又朝弟弟身上啐了口唾沫。

所有的街坊邻居都觉得这是件蠢事。可现在，他却下定决心也要做这么一件蠢事儿。他脱去睡衣，早已泪如雨下——但眼泪也并没有打消他的念头。他抬头看看小木板上的文字："多么不幸。"他爬上浴缸旁边的凳子，眯起眼睛，寒冷和恐惧交织在一起，使他浑身发抖。随着时间一分一秒地流逝，他颤抖得愈发厉害了。要在平时，他可能早就从凳子上下来了。他环顾了一下四周，然后跳进了水里。浴缸是架在一堆木柴上的，他跳进水里时有一根弹了出来，撞上储备冬季食材的柜子。柜子摇摇晃晃，柜门都开了，调料瓶滚得满地都是。

正当米莉迦娜·加西斯睡得正香时，一件不可思议的事发生了：一个装着西红柿的罐子摔碎了，散落的西红柿弹跳着撞到她的房门，又滚下楼梯。在半梦半醒之间，米莉迦娜机械地在睡袍外披了件大衣，穿上鞋子，沿着西红柿滚落的方向追了过去。

在水下，泽蔻微微睁着双眼，等待着自己停止呼吸的那一刻。而鲤鱼一动不动地凝视着他，静待着他倾诉心声。

"'只有白痴才会被拴着的狗咬伤两次！'我父亲说得对。"决心窒息而死的泽蔻对鲤鱼这样说道。

地下室里，装满甜红椒粉的调料瓶还在地上滚动着，醋也流得到处都是。就在这时，小姑娘从一楼冲下来，进入人生最关键的一个时刻。她径直向浴缸扑过去，只见鲤鱼正摆动着尾巴拍打水面，一丝不挂的德拉甘·泰奥菲洛维奇漂在那儿。她用尽全身力气，发出极为痛苦的呻吟，从腋下环抱住他，把这具已然毫无生气的躯体拖出浴缸，平放在地上。德拉甘仰面朝天，没有任何生命迹象……

1976 年 3 月 10 号，凌晨一点钟，德拉甘·泰奥菲洛维奇和米莉迦娜·加西斯第一次接吻。而事实上，那充其量只是嘴碰嘴，还是为了做人工呼吸。然而正是这个吻，这个深情款款的女孩梦寐以求的吻，让泽蔻重获新生。他一睁开眼睛便哭起来。直到米莉迦娜又一次把她的双唇紧紧贴上了他的双唇，他才破涕为笑。

　　爱会把命运引向更好的境遇，逆境不会永恒。经年累月中，德拉甘·泰奥菲洛维奇经历了太多的艰难岁月，然而在这些更为甜蜜、安逸的日子面前，痛苦早已被忘却。在萨瓦河上游那湍急的水流旁，米莉迦娜和泽蔻共同度过了整整一个夏天：他们相互拥吻，他们高声喊叫宣示自己的幸福，他们用手脚拍打水流溅起水花，他们品尝涂抹阿日瓦酱①的三明治，吃樱桃，攀上装载干草的卡车大声喊着彼此的名字。对他们而言，除了彼此的二人世界之外别无他物！他们只有在夜晚才不在一起，然而这时，他们的心靠得那么近，其实也从未分离。他们想到未来二人将再也不会分离，两颗心变得前所未有的水乳交融。夏天快结束时，在一条湍流边上的一个深拥，使他们失去了最后的理智，共赴巫山云雨。

　　即使爱情是人生中最伟大的奇迹，即使它可以领导那些如风般自在的男人，遗憾的是，它还是没能左右一个军人的职业生涯。米罗耶·加西斯上校在1977年的6月14号被调到了斯科普里②去工作——那简直是德拉甘·泰奥菲洛维奇的黑色星

----

　　①　一种辣椒酱，二战后成为南斯拉夫人喜爱的酱料，现在在巴尔干地区广受欢迎。
　　②　南斯拉夫东南部城市。

期五，令他黯然神伤。诚然，他已经学会了克制心中的悲痛。但是，他深知再也不能每天在学校门口等到米莉迦娜了，不能每天一醒来就去把刚出炉的克夫拉 ① 买来装在袋子里，然后挂在她的门把手上。讲述这些往事有什么用呢？他的爱情已然逝去，人生无疑只余下不幸而已。但是至少现在，他学会了坦然面对。

在离别的公交站台前，泽蔻虽然心里充满悲伤，但他还是觉得从此以后自己就是一个真正的男人了。当加西斯上校往车上装行李箱的时候，米莉迦娜和泽蔻二人的手还紧紧牵在一起。泽蔻想要帮帮这位温厚的上校，可他却用手肘指了指自己的女儿：

"快去吧，现在可不是干这些蠢事儿的时候！"

两个孩子在公交车后面抱了又抱，亲了又亲，以至于一个路过的警察用食指指点他们以示斥责。见警告不起作用，他便要求他们出示身份证。

"我们是未成年，还没有身份证……"米莉迦娜回答道，双唇却未从泽蔻的唇上移开。

"我太爱你了！"泽蔻说。

"我也是。爱你胜过一切！"

----

① 一种羊角面包。

"我欠你一条命。"

"你只欠我一样东西。"

"是什么？告诉我……"

"一个承诺……你会信守它吗？"

"我发誓！"

"答应我，总有一天你会来找我的。"

"什么时候？"

"什么时候不重要，在哪儿也不重要……"

"等到与你重逢的那天，我一定会娶你！"

公交车发出嘶哑的喇叭声，排气管口的尾气掺杂着马路上的灰尘升腾成烟云，这竟成了米莉迦娜离去时的背景音效和画面。

曾经想寻死那件蠢事教会了泽蔻很多东西。每当悲伤或忧郁袭来，无论多么令人难以承受，他都会尽力去看开些，去缓和自己的情绪。更何况，假如他又想不开的话，可再也没有米莉迦娜来拯救他了！

好在父亲被调到了莫斯塔尔①，这让他心里好受了些。不然没有了米莉迦娜，他在特拉夫尼克城的生活会是什么样子啊？

———————
　　① 波斯尼亚和黑塞哥维那南部城市。

放学后，泽蔻喜欢到湍急的内雷特瓦河①边来坐坐，看着激流带走他装在瓶子里的爱的讯息。跟萨瓦河有所不同的是，内雷特瓦河唤起了他内心一些别样的情愫和一些庄严的沉思：碧绿、深邃，无休无止变幻着的水面下，积淀着深深植根于河床的岩石，千百年来岿然不动。但愿生活像美妙的河流一样携他而去，但愿那如欲念般的风能够给他带来新鲜的事物，彻底改变他的生活——这便是他的心愿！恰如水流与微风不断打磨着内雷特瓦河的样貌。等他与米莉迦娜再次重逢时，他在心中自我安慰道，生活将会是永恒的、持久的。

莫斯塔尔也帮助发掘了泽蔻性格中一项新的特点。虽然在那件"蠢事"后，他不再与父亲有任何的眼神交流，更没再说一句话，可他却一点儿也没少继承斯拉沃出色的组织能力和军人的严谨。摇滚歌手柳比沙·拉西奇来莫斯塔尔演唱，泽蔻协助他办成了音乐会。而这成了他新生活的开始。如果想在摇滚圈子里出名，还不用到前台表演，巡回乐队管理员这个工作简直完美。每一场演唱会都少不了泽蔻，他像个"全能保姆"一样忙前忙后，以至于在萨拉热窝都会有人提起他的名字。当"无烟地带"乐队在库鲁季奇成立起来的时候，泽蔻出现在了他们的第一次演唱会上，并在其中大展身手。

---

① 一条流经莫斯塔尔的主要河流。

而斯拉沃·泰奥菲洛维奇新热衷的事情恰巧伴随了他军旅生涯的终结。他被调来莫斯塔尔是要负责做好迎接铁托同志的准备工作。斯拉沃从兵营里带过来一面大大的南斯拉夫国旗。

"你们俩可要把它给我在这栋房子的拐角处固定牢了！"

泽蔻和戈岚乖乖照做。他们的父亲早就计划好一定要在阳台上隆重地迎接元帅。于是三天以后，泰奥菲洛维奇一家华冠丽服，毕恭毕敬地站在阳台上。一切都按照这位上尉的命令有条不紊地进行着。铁托坐在奔驰敞篷车里，远远就望见一面挂反了的国旗，他向哲马·比耶迪奇质询道：

"这是怎么啦，这是？！我的天呐，我们不是开到了俄罗斯吧！"

因为把国旗挂反了而遭受纪律处分，可不单单给斯拉沃的军旅生涯画上了不光彩的句号，它还结束了泰奥菲洛维奇一家人的共同生活。在斯拉沃脱掉他的制服之后，他和阿依达的争吵也进入了尾声。房子被分隔开来。客厅中间竖起了几个衣橱，原本的公共区域被一分为二。阿依达跟孩子们住在一边，斯拉沃则独自住在另一边。只要这个人一出现，阿依达就开始数落他的不是。起初还比较平和，但最终往往以她大吼"斯拉沃·泰奥菲洛维奇毁了她的生活"而告终。每当这时，阿依达便觉得她的丈夫就是彻头彻尾的失败者，于是她大发雷霆。斯拉沃则处乱不惊；面对妻儿，他表现得漠不关心。一天，他出门买烟却没有回来。他是去斯科普里会情妇去了。他在那儿开了一家涂料公司，捞了不少油水。

不管在哪儿碰到他的工人们，他总是会问："是谁教你们弄得这么乱七八糟的？"然后，还没等工人们回答，他便兀自补充道："你们要是想让这儿像点样子，就至少还得抛光三次！"

他面无表情，但声调很高，斯拉沃有很强的说服力。

正如1976年，泽蔻注视着霓虹灯，为不能收到父亲的任何生日礼物而感到心灰意冷。在这个兵荒马乱的1993年，他正一人坐在萨瓦河岸边。那是个周日，泽蔻摇晃着摇篮里的女儿斯维特拉娜。把这个金发小可爱带给他的，是贝尔格莱德的一位法学家，名叫兹维耶兹达娜。这个女人安静又温婉，默默地忍受着泽蔻的频繁出差。"无烟地带"乐队在贝尔格莱德的第一场演唱会上，泽蔻结识了她。婚礼前夕，这位乐队管理人却向未来的妻子说道：

"我喜欢你，我想让你成为我的妻子，只不过……"

"不过……什么？"

"如果米莉迦娜·加西斯再次出现的话，咱俩就没戏了……"

"不会的！"

兹维耶兹达娜没把泽蔻这番话当真。但是她预感到，这个忠诚而又专一的男人，定会做出某些意料之外的决定而令周围人惊讶的。徐徐柔风吹拂得水面微波荡漾，无数个酷热难耐的仲夏夜，潺潺流水在提醒着，没有什么会像表面上看起来那么永恒、那么坚固，不论是卡莱梅格丹堡垒 [①] 堆砌的石块，还是这整座城市。不过，表面之下的根基是否坚不可摧，则是无关紧要的了。

"事实上，堡垒和这座城市都扎根在萨瓦河的河床上，"泽蔻忖度着，"它们在河水里的倒影像极了我的生活。"水面上的波纹在它的存在里发端、消逝，恰如此情此景也会随同落日烟消云散；那时便只有路灯在河面上闪烁摇曳。"双眼所能看到的景象，总是如此迷人！"他心想，"幸好我活下来了，否则，我怎么可能再有机会欣赏如此美景。因为人并不是依靠残酷的真相和一成不变的规则活着，而是寄希望于他们坚信会到来的改变。唉，罢了，生活并不是由幻想和希望交织而成的……"

泽蔻就是在 1993 年 8 月的一个周日陷入这样的思索，他走到了克涅兹－米哈伊洛夫娜 [②] 大街，手里推着婴儿车，车里是熟睡的女儿。

自从南斯拉夫解体后，泽蔻作为乐队管理人的工作逐渐被

① 贝尔格莱德城郊区里最核心、最古老的堡垒。
② 最受贝尔格莱德市民欢迎的城市漫步大道。

组织政治宣传和选举活动取代了。泽蔻为摇滚乐的消逝感到惋惜。每当他出差归家，总爱到克涅兹－米哈伊洛夫娜大街散散步，因为在那里，他能与一些熟悉的面庞——一些前南斯拉夫人擦肩而过。战争还在持续，能遇到一位莫斯塔尔的，或是塔拉夫尼克的，或是萨拉热窝的同胞，都会让泽蔻万分欣喜。哪怕他本人并不认识人家，也会点头致意；否则，他便要不知疲倦地向对方倾诉衷肠。实际上，泽蔻常常怀念旧日时光，虽然现在的生活和他的孩子很少会唤起他内心的伤感。但无论如何，他总是会慷慨激昂地在心中重拾起那段岁月——尤其是 1980 年，南斯拉夫接受了来自西方世界的反叛精神和对美好世界的信仰，以及，在铁托逝世之后，对自由的信仰。

克涅兹－米哈伊洛夫娜大街的另一端，一辆电车呼啸而过后，卡莱梅格丹公园映入眼帘。泽蔻慢慢推着车，他的女儿仍在熟睡着。阳光透过树枝的缝隙闪烁着，这时他听见一个熟悉的声音。

多么不幸。

泽蔻转过身来，一辆宝马车刹住了。车门打开，米莉迦娜·加西斯从车里走了出来。眼前这个女人美丽而又优雅，留着一头直发。她摘掉眼镜的时候，泽蔻认出了她那双大眼睛，和她那副楚楚可怜的女人的眼神。

"是你吗？"

"是我啊！"

"该死的！你从哪儿来的？"

"从慕尼黑。我住在那儿，在那里下国际象棋。"

这次不期而遇令泽蔻着实震惊；再看看米莉迦娜的外貌、她那些价值不菲的首饰和金表，泽蔻内心一阵发窘。泽蔻抓着婴儿车的手不知不觉松开了，婴儿车在人行道上滑走，兀自撞向汽车。他深情地把米莉迦娜拥入怀中。他抱得如此用力，米莉迦娜都要喘不过气来了。顷刻之间，久别重逢的激动便成了惶恐：婴儿车冲向了卡拉乔尔杰路！怀中的年轻女子用手指着婴儿车，泽蔻转身赶忙去追。米莉迦娜紧随其后。日后，当人们谈论起这个午后，会怎样述说这场险些难以避免的灾难？实际上，这已经是这个女人第二次以拯救者的身份突然出现在泽蔻的生命中了。

"那是一个周日，"人们会说，"路上车并不多。"眼看着婴儿车撞上了一堵矮墙，就在千钧一发之际，米莉迦娜接住了从婴儿车里弹出来的小女孩儿。泽蔻热泪盈眶，说不清是因为避免了一场不幸而如释重负，还是因为有幸找回自己生命中的那个女人而激动不已。

他们一起坐上宝马车，没说一句话，便朝着贝加尼斯卡-科萨的方向驶去。到了家门口，泽蔻把小女孩弄下车，他没有抱着她，而是让她躺在婴儿车里；紧接着，他飞快地爬上四楼，按下门铃，随后三步并作两步走下了楼。就像在特拉夫尼克的时候，那时他还是个孩子，他按响楼栋里小姑娘们家的门铃，还不等她们转动把手开门，便一溜烟儿跑走，混迹到大街上的人群中，因为怕被别人认出来而浑身发抖。

婚 姻 中 的 陌 生 人

最终，你会亲身感受到的

二月，严寒囚禁了萨拉热窝这块盆地，我每天上学都要全副武装。从大街小巷穿行而过，就像正在穿越西伯利亚的冻土地带。我是从父亲布拉措·卡莱姆的故事中了解到苏联的冬天的；我的母亲阿兹拉·卡莱姆将冬天视为猛兽，而父亲，对地图上这个遥远的地方毫不掩饰自己的激情。为了不让这头猛兽冻僵我的双手，我只好不断朝着手吹热气。一说起我父亲，我就浑身暖和起来了：这个波黑共和国 RS 执行委员会的成员，紧紧抓住散热器不放，因渴望看到西伯利亚而激动不安。而我，我的愿望却是把自己变成一颗李子、一只梨、一个苹果，或者至少，变成一枚樱桃。如果我是一只梨，掉落到草丛中，让我饱受痛苦的东西就与我再无半点瓜葛，我便能够摆脱寒冬的噩梦，而且一旦生存条件有所改善，我便会静静地恢复生机——这愿望如果真能实现该有多好啊！

　　"气温骤降，温度计里的水银柱停在零下33摄氏度的位置。

毋庸置疑，我们正经历着近六十年来最严酷的寒冬！这里是波黑共和国水文气象研究所的武科·泽塞维奇……您刚刚听到的是萨拉热窝电台的早间天气预报……亲爱的听众朋友们，现在是1971年2月3日7点15分，祝大家一天愉快……接下来请收听广播节目《欢乐圆舞曲》……大家一起跳舞吧！"

因为气温下降，我的穿着变得复杂起来，床褥也堆得厚厚的，一层叠一层，就像世上的困难一样。电台里的播音员说政治环境不会很快恢复正常。尽管对政治心存怀疑，阿兹拉还是对报纸和广播里所说的深信不疑。但这里，我忽略了什么事情：我想让她注意到"堆"和"叠"并不一样，可她反手就把我驳回了。

"问题堆在一起！而困难是叠在一起的，就像叠纸盒一样。"我坚持说。

"你呀……想教训别人？你还太年轻啦！"

我只好闭嘴。十三岁，不是争辩的年纪。我还太小！

父亲的脸在剃须泡沫下消失了。他面朝镜子，用獾毛刷扫过两颊，但在我眼里，这么做毫无意义。他只穿了三角内裤和紧身背心，毫不怕冷。母亲是家里第一个起床的，早已穿好衣服，正喝着咖啡。她继续头一天的讨论：

"我们学院里要加薪了。"她说道。

"太好了！"

"所有人的工资都要上调！那你们呢？"

"波黑 RS 执行委员会例外。"

"你们也在预算里了。你们的工资也会上调的。"

"我们？不会的。"

"会的！你是想向我隐瞒你赚多少钱吗？"

"什么？向你隐瞒……"

"那么，告诉我，你赚多少？"

"够了。"

"看吧……你根本就不把我放在眼里！"

"没有的事儿！"

我父亲走向他的妻子，亲吻她，脸上还留着一小团泡沫。只是轻轻一吻，工资的事儿就被阿兹拉抛到九霄云外：

"要是你们那些粗人能宣布进入紧急状态就好了！"

"我们这些粗人？你说的是谁啊，亲爱的？"

"你们执行委员会的头头儿们。"

"你是说我也是，我也是个粗人？"

"当然不是！宣布进入紧急状态又不归你管！"

他停止刮胡子的动作，把脑袋旋转 360 度，终于让我母亲心情愉快起来。

"赶紧停下，傻瓜！你会弄疼自己的！你要跟委员会主席说气温都降到零下 30 摄氏度以下了，好吧？还有，孩子们会冻坏的！"

波黑共和国并没有宣布进入紧急状态。可阿兹拉毫不犹豫。于是，我的长裤里面，除了必须要的衬裤之外，又加了一条厚厚的绒裤！又堆了一层！或者，像她说的那样，又叠了一层。

在楼道里，我站在一面大镜子前仔细打量着自己，转过身去，又转回身来，可不管从哪个角度来看，都没什么差别。看着歪扭的两条腿，我心酸地得出结论：它们可能永远也不会变直了。在我那双细长的竹竿腿和下颌未脱落的乳牙之间，是不是有着某种联系呢？我龇起牙，又斜眼看看自己的两条腿。

"这是一场来自西伯利亚的寒流，当年拿破仑和希特勒被困在俄罗斯的时候，也正是遇到了这样的寒流。"父亲说完，往两颊涂满剃须泡沫。

"布拉措……求你啦！说天气能不能不掺和政治啊？"阿兹拉一边穿鞋子一边反驳道。

"我可没跟你谈政治，"父亲一边扎领带一边强调，"我跟你说的是事实。"

"事实……什么事实？！"母亲一边穿大衣，一边吃惊地问。

"波黑共和国水文气象研究所的武科·泽塞维奇的官方天气预报啊。"

"可我好像没听见武科在天气预报里提到希特勒和拿破仑啊！"

严峻的天气状况就像从井中拉出水桶的手，从我的脑袋里扯出来一些不同寻常的问题。其中一些在我看来属于纯哲学范畴。从学校回来的路上，一连串问题让我百思不得其解：我是谁？我是什么？我从哪里来？要到哪里去？我把这些问题一股脑儿抛给了母亲。

"你才这么大点儿，就已经开始瞎琢磨了。这不是你这个岁数该想的事儿！"

我父亲最嫌恶平庸之辈。看到我的智慧相较于长相占了上风，他大喜过望。

"杰出的德国哲学家伊曼努尔·康德也曾经这样问过自己。"

"他也生活在鸟不拉屎的地方吗？"

"这我不清楚，但他不会说脏话！现在啊，你还太小了；等你长大了，你就会明白的。"

阿兹拉不太愿意看见自己的丈夫布拉措出现在厨房里。其实，她心里憋着一股火，却还要佯装出一副和善平静的模样，去掀开佩蒂斯牌小炖锅上的黑色盖子。这盖子上有四个小孔，在压力的作用下，蒸汽嘶嘶地从小孔中喷出来。布拉措把大块儿的肉和菜丢进锅里，那姿势宛如赫伯特·冯·卡拉扬①。除了午睡之外，这是唯一一件阿兹拉授权他的家务活动了。他完成这些是有回报的：午休过后，他要完成一项代号为特利－特利的行动，那就是去咖啡馆喝一杯汽酒——一升白酒掺一升气泡水！阿兹拉一边摆放餐具，一边低声咕哝：

"好歹，这也比我做碎牛肉酱的时候轻松一百倍了！等他神气十足地忙完他那一摊子，就该轮到我像个老妈子一样，擦玻璃窗上的番茄汁液、抠粘在电视机上的洋葱碎、刮掉门上的碎肉！"

"等我午睡完，我打算到城里喝杯咖啡。"

"你打算？得了吧，这恐怕早都决定好了，而且也不是为了去喝咖啡吧！"

"那喝什么？"

"当然是汽酒了！"

"你知道什么啊？！没准儿我还不去呢……"

"呵！是嘛！老天可以做证，就算第三次世界大战爆发，你还是会去！"

"别担心，现在各方势力势均力敌。冷战嘛！"

"你家里可不是！"

---

① 赫伯特·冯·卡拉扬（Herbert von Karajan，1908—1989），奥地利著名指挥家、键盘乐器演奏家和导演，被誉为"指挥帝王"。

"你有点过分了啊，阿兹拉——拉——拉——"

两人你一言我一语地顶嘴，让布拉措有了睡意。他重复着妻子名字的尾音，渐渐入眠。这个长长的拉——拉——经常在他身上起到催眠效果。我暗自思忖，如果她叫珍妮弗又会是怎样的呢。因为，曾经在英国待过一年的他，是完全有可能从那儿带回来一个未婚妻的。如果他的配偶，也就是我假设中的母亲，名叫库尔特或者尼姆尔呢？鉴于我父亲非常重视不结盟运动，这也完全是有可能的。那么，他就不能用尾音当催眠曲了：乌——乌——尔特或者姆——姆——尔怎么能让人睡得着呢？请仔细想想，当我们说库尔特的时候，嘴唇之间基本上不会送出什么气流……至于尼姆尔，就更不用提了！这种名字，都是供人们起床时喊的！这在巴尔干是一个男人必须要考虑的，即使他在结婚之前并不太为每个细节考虑太多。这与西方科学家们常说的本能倾向并无什么关系。因为，就算在睡梦中，布拉措也会坚持做自己地盘的主人。在他看来，睡眠过程中的头几秒钟是最惬意的。

"那时候大脑指令分泌一种甜的物质，会直接传向舌头！"他得意扬扬地说道，仿佛自己是从生物化学专业毕业的，而不是出自新闻学院。

布拉措在长沙发上睡了。我一边做作业，一边观察着他的呼吸：他的衬衫有节奏地浮起又落下。有个念头在我脑海中一闪而过：他有可能一口气倒不过来就死了。我双眼死死盯着他的胸口不敢移开。突然，他的衬衫不动了！胸口也失去了活力。没有丝毫起伏。只有微弱而嘶哑的喘息声，像是要窒息了！

他还在呼吸吗？我心想。呼吸，不呼吸，呼吸，不呼吸，呼吸，不呼吸……我父亲是不是归天了？

起初几秒钟，我就那样注视着他——没感受到什么。

尽管在我看来他已经死了，我还是坐在那里，一动不动。紧接着，我从椅子上跳起来，把一只耳朵贴在他心口上。看到他从肺中长长呼出一口气，重又开始断断续续地呼吸，我才松了一口气。

他还在呼吸！

刚睡醒的布拉措有点沉默寡言。他一时还难以从梦中回过神来，阿兹拉小心翼翼，不想再与他展开一场无谓的争论。

不过她总试图提起严寒，实际上，她是想把他留在家里。

"你就非得出门不可吗？拿本书看看，跟儿子聊聊天！"

"唉，"他对我说，"把手给我，你看啊……"

他把我的手按在他的心口。

"……只要她一来烦我，我就会心律不齐！"

"所以我才让你别出门啊！哪怕就一个晚上，跟咱们的孩子说说话！"

"前天我就没出去啊！"

"那当然了，电视上有比赛嘛！"

父亲站在门口，我的眼泪上来了。我哭得有些延时。此时悲痛才将我淹没，当我又重新想起布拉措有可能因为呼吸骤停而死掉，莫名的悲痛将我吞噬。我看着他，心想：没准哪天他就永远地离开了。泪水顺着我的脸颊悄然滑落，却没有逃过他的眼睛。他套上外套，也不管我为什么哭，用手臂指向我。

"这就是你想要的结果，阿兹拉！"他说，"你为什么非要弄成这样？"

然后，他离开了。

周日。气温微微回升。按照阿兹拉的说法，雪是没有权利在人们的休息日落下来的。可那些白色的小絮片才不在乎她怎么想，很快，厨房窗子外面的白杨就只能隐约可见了。树枝上挂满了冰霜，母亲已有些心烦意乱，可父亲偏偏又在做波斯尼亚特色的蔬菜炖肉！

我一双眼睛直勾勾盯着佩蒂斯的黑色锅盖，听着自己肚子里发出咕噜咕噜的声音。蒸汽鸣响着，从四个小孔中冒出来。一团从白杨树冠上落下的雪突然砸在楼梯上……白杨树徒劳地耸向天空，冬天又把它们压低了；树尖弯成拱形，酷似班布里奇兄弟的脊背。班布里奇兄弟俩就住在我们这条街上，与同龄人相比，他们的身材明显魁梧许多。一棵棵白杨树让人联想到这两个篮球运动员：他们每次在 FIS 训练完后都累弯了脊背，偷偷溜去达沃尔之家喝杯啤酒。

突然，黑色的旋钮不再排放蒸汽——午饭好了。阿兹拉正要掀开锅盖，布拉措从容不迫地拦下了她。他在盖着的炖锅前俯下身来，我也学着他的样子做了，最后，我们三个人一同注视着这锅波斯尼亚烩菜。

"看！"父亲说，"肉都碎成一小块一小块的了，就像灵魂一样。"

"为什么说肉像灵魂一样碎成一块一块的呢？"

"这是一种表达方式，我的小哲学家！"

"我知道，可是说真的，灵魂怎么能碎成一块一块的呢？"

"当然是在庸俗的物质主义的冲击下。"

"这么说，灵魂就不是自己碎成一块一块的，而是风把它吹散的，就像春天风会吹散尘土那样。"

"你还太年轻，只知道想入非非。可生活，是现实的。等你长大了，你会明白的！"

可是，我还想给这顿波斯尼亚烩菜加点儿料！因为之前刚聊过一波庸俗的物质主义，布拉措万万没有预料到接下来的对话。他开始吃起肉来。他大声咀嚼的声音惹恼了我：

"什么他妈的鸟不拉屎的地方！"我说道。

"又来了！绅士都是讲理的，你就骂吧！"

"怎么？这是阿兹拉常说的啊，不是吗？……对吧，老妈，你难道不说点儿什么吗？！"

"我啊，我怎么不说？我当然要说！"

"每次你都说：'我究竟做了什么对不起老天的事，让我生活在这个该死的鸟不拉屎的地方！'"

"呵……"布拉措反手一击转移了话题，"那都是过去的事了！"

"怎么就成'过去的事'了？！"阿兹拉说着，拨旺了炉中的火，"体面人才不会住在这儿呢！"

"要是让你住在西伯利亚那种地方，还不知道你会说出什么呢！"

"住在西伯利亚？那我还真不知道。可在这儿，根本就不是人过的日子！"

"唉，我真是无语了。这儿怎么得罪你啦？"

"住在这儿，活着的时候就没法把日子过得漂亮。到头来，死也没法死得漂亮！"

"'死得漂亮'？什么意思？"

"我告诉你！就是死在那种人们参加完你的葬礼不用费劲儿弄掉鞋子上的泥的地方！"

"那他们该做什么呢？"

"要是你死在松香弥漫的地方，人们就会踩得脚下的松针和松果噼啪作响了。"

布拉措喜欢听阿兹拉阐述她看这个世界的独特方式。尤其是因为这是他在吃一口饭和另一口饭之间的空当展现思想精髓的现成机会。这可不简单：说话还是吃饭，是要选择的。该把优先权赋予谁——是一大口饭菜还是一段发言呢？通常情况下，发言会占上风，可思想极有可能会飘忽不定，饥饿也会吞噬话语！尽管有这种说法：人在饿肚子的时候思考会更妙。不过这对父亲来说并不适用。他极少饿着自己，但这并没有掩盖他谈吐之中流露出的睿智。在满口食物的时候讲话是他长久以来奉行的诀窍。此外，他拒绝在平淡无奇的琐事上多费口舌，这也对他大有裨益。所以他讲话从不会跑题。

"也就是说，死在海上更好了？"

"活在海上是好事。所以啊，死在那儿也是好事！"

"可据我所知，如果一个人死了，他根本不在乎自己死在什么地方啊！"我也插入争论之中。

"你说得对，阿列克萨。根本就不在乎！"

"继续啊！接着说你们那些歪理啊！反正不管怎样，要是我也是光鲜亮丽的上层人，我早就去海上生活了！"

"新一轮降温来袭。气温低至零下 33 摄氏度。1971 年是有史以来最冷的一年，从乌克兰来的冷空气还要在我们国家停留至少一周……"萨拉热窝电台的午间天气预报开头这样说道。

"这些禽兽真是毫不作为！"阿兹拉怒气冲冲，而布拉措正在长沙发上睡觉。

我看着父亲呼吸，忽然有了这样一个念头：他也许会像足球外皮那样泄气瘪掉！

"他在呼吸吗，还是不呼吸了？"我心想，"呼吸，不呼吸，呼吸，不呼吸……"

这回，我并没有觉得必须要从椅子上跳起来，哪怕眼前父亲的胸口不再起伏。

又一次，在短短的几秒钟之内，我注视着他的胸口，什么都感觉不到。直到母亲去洗碗，我的心脏才开始怦怦直跳。

"快摸摸我的心脏！"我对她说。

"没事儿，你还年轻，身体健康着呢。滑雪板在那儿，去滑雪吧。"

我鬼使神差地起身离开炙热的火炉走向屋外，走到寒冷之中。仿佛热爱着西伯利亚的人是我，而不是我父亲。沿着阿夫多-亚布奇卡路朝军医院蜿蜒前行，这是个神圣的挑战。工会组织的滑雪运动，按阿兹拉的说法，是"最时尚的"。等我穿好滑雪板、安好固定器，身上已经因为出汗微微泛潮了。我朝着拉扎雷维奇家的方向攀上斜坡。我本来根本不想像其他人那样，在结了薄冰的台阶上滑行。可当我听到街上男孩

　　　　　　　　　　婚姻中的陌生人

子们的叫喊声，看到他们脚下踩着单人雪橇、溜冰鞋或是滑雪板各显神通，瞬间便改变了想法。我向来不喜欢被事情牵着鼻子走。

在我面前，两个比我年纪要小的男孩，正从斜坡上全速冲下来，接着他们又开始挑战台阶。不知是出于害怕还是兴奋，他们大喊：

"当——心！让——一——让！"

他们成功避免了相撞，超过了前面脚踩雪橇和滑雪板的孩子们。

我的心脏都要跳出来了！我怎么能打退堂鼓呢？我模仿着让-克洛德·基利的样子，开始从台阶上往下滑。我眼看着军医院的大门口朝我扑过来！在这个本该急停的时刻，我的双腿却不听使唤。我舞动着双臂，前摇后摆了好几次。戈鲁察路十分陡峭，还结了一层薄冰，医院门口站岗的士兵赶紧打开大门，以防我撞得粉身碎骨。他看着我像子弹一样从眼前晃过。

"留神，小子！你要直冲进沟里了！"

军医院的厨房在一楼。我撞上了正在卸土豆的炊事员。他被撞得径直穿过地下室的窗子，最后跌落在一大桶四季豆里。

表兄内多是我舅舅的儿子，他耳朵不太灵光，所以讲话声音过大。他是个司机，高兴时也做做雕刻工。他有一双大手，喜欢女人，听说他会令所有落到他手里的女人，度过淫秽下流的一刻钟，比待在离心机中还要糟糕。他张口闭口总是这句：

"最终……你会亲身感受到的！"

"可别随便跟经验丰富的女人这么说，她们会把你当成软蛋的！"

"我还小呢，跟她们搭不上边！"

"这是一个男人生命中唯一重要的事！"

阿兹拉正在洗碗，布拉措趁这时候跟内多说起悄悄话：

"他这个年龄太爱高谈阔论。给他找个姑娘吧！"

"跟我说说，阿列克萨，自慰，你试过吗？"内多问我。

"嗯？"

我朝母亲那边看了一眼。碗盘碰撞的声音，流水的声音，让她无法听见我们在聊什么。

"……就为了以后，让人们把我当成淫贼？！"我心想。

"你得趁早开始了！"

"不！我太小了！"

内多把我拉到一边：

"你往浴缸里倒好热水，然后关起房门，接下来你泡到水里……让你的右手动起来吧！"

"可我是左撇子啊！"我勃然大怒，赶紧反驳道。

"最终……你会亲身感受到的！"

我满脸通红，对内多极为恼怒，三步并作两步冲出门去。我一点儿都不想回家，决定等内多开着他那辆 FAP 卡车走了再说，车是弗拉尼察建筑公司的，挂着红色牌照。

那天夜里我躺在床上，看到门开了，影子映在地毯上。我抬起眼，能够看见父亲的身影；在他背后，楼道里的灯还亮着。他走到我的床边，又往母亲那边看了一眼。她正睡着，只有头上的卷发夹子露在被子外面。

"唔，"他趴在我耳边悄悄对我说道，"她的风湿病……所以她总说在海上生活有多好。但我们可不是随便什么人，我们是南斯拉夫人啊！你知道这世界上有多少南斯拉夫人吗？"

"嗯，我知道。"

"你想不想听我跟你说说都有谁啊？"

"不想，现在不要！明天吧！"

他离我太近了。酒精的气味让我一阵恶心，由于他自鸣得意地讲述我们的历史时还要多喝几杯，等听他如数家珍地讲完所有事之后，我几乎完全醉了。

直到冬季结束，我一直在冬眠；春天来的时候，我就苏醒了。

"气温正在回升，南斯拉夫各大河流的水位令人担心……"水文气象研究所的天气预报里这样说道。紧跟着还有详细解说和一连串我完全不懂的数据。

春天来了，曾经无比坚信冰川时代冰冻了萨拉热窝的阿兹拉也不得不承认这点。从房子前悄悄变绿的树尖就看得出。我想变成一颗李子、一只梨甚至一枚樱桃的愿望也随之烟消云散。窗子后面，白杨树正静静地等待着改变。柔风习习，簌簌声传进我的耳朵里，就像咖啡壶里微滚的水。当姑娘们穿着迷你短裙爬楼梯的时候，春天对我来说才真的苏醒了。她们各自的区别，不仅在于裙子的长度、颜色和剪裁，还在于爬楼梯的速度。那些迈大步上楼的女孩儿，更容易露出大腿；不过她们下楼的时候，却无法在我心中激起半点涟漪。甚至，在下楼的时候，不知为何人的身体竟显得有些令人厌恶。

我到柴房里找来些木柴燃起锅炉，然后拧开水龙头，往浴缸里注满滚烫的热水。我学着内多。

"往浴缸里注好水，然后会发生什么呢？"

"什么也不会发生。毕竟……这是要你去亲自感受的！"

午后的阳光照得白杨树树尖闪闪发光；我出神了几秒钟。姑娘们的膝盖在我脑中和我的身体里突然闪现，温度计里的水银柱都随之攀升了几摄氏度。

季节的变化——尤其是夏季的到来——真正打乱了卡莱姆一家心里的平静。气氛变得愉悦，每个人脸上的笑容显露出来，愠怒的神色都不见了。这对我来说是最快乐的事儿。太阳让鸟儿和人们变得伶牙俐齿。阿兹拉已经在为八月的假期做准备了。

"唉！我的天呐……如果我现在就已经在那儿了，该有多好啊！"她叹息道。

"谁拦着你了？"

"咱们就不能一起去吗？哪怕就一次？"

"医生嘱咐我不要到太热的地方去，因为我心律不齐，这你是知道的。"

"好吧，那我就跟阿列克萨去了。"

"我也非常想陪你们去杜布罗夫尼克[①]啊，舒舒服服泡个澡，然后到咖啡馆来个冰激凌！"

"你干吗非要撒谎呢？"

"撒谎？"

"你从来都不喜欢冰激凌！"

"从来都不喜欢冰激凌……我？！你要知道，我在布拉格吃过，就是去参加第三国际大会那次！而且是在大冬天！你啊，亲爱的，你都不知道我在冬天也会吃冰激凌！"

事实上，布拉措最希望看到的，就是我们赶紧出发。这样一来，他就能够满心欢喜地投身到特利－特利运动当中了！

"喏，这是给阿列克萨的一点儿零花钱。这可是从我的年

---

① 克罗地亚东南部港口城市、最大旅游中心和疗养胜地。

终奖里省出来的……"

"你还真把我当成傻子了！一个副部长，赚的可不少吧……你怎么就不能实话告诉我，你的工资究竟有多少？"

"到此为止吧，你实在是问了太多遍了！"

他们的对话果真就到此为止了，再多说一句，就该爆发了。然而，瞧着阿兹拉对布拉措紧盯不放的架势，很显然她从未放弃过有朝一日打探出公务员丈夫的工资的秘密。

如果晒太阳也被列为奥林匹克运动项目，那阿兹拉无疑会是金牌得主。我们一到杜布罗夫尼克，还没来得及打开行李，她就跑到租给我们房间的男人那里买了一瓶橄榄油。她先往我身上抹了个遍，然后是她自己。我们背靠着老城的城墙，就像两个等待行刑队的死刑犯。

"最好是站着晒太阳，这样的话维生素 D 能够均匀地渗透进骨头里。"她解释说。

"也就是说，如果死的话，也最好是站着死喽？"

"我们能不能暂时不去想死亡这件事儿啊，真不是时候。"

"可你说过，宁肯死在海上也不愿意死在萨拉热窝啊！"

"不，我是说活在海上！"

"可这意思不就是你也愿意死在那儿吗？"

"别再说那些关于咱们那鸟不拉屎的地方的事情了。嘿，看那儿……"她边说边用手指着一团火球，那火球正从海平面上逐渐消失。

她在一块圆形的礁石上躺下身来，显然是在享受炎热。布拉措说得对，阿兹拉的那些大道理都是从她的血液分子里生出来的，而这也是她风湿病的所在。我的脚掌一碰到礁石就感受到强烈的灼痛，更加证明了父亲的说法。

"日出日落，真的需要用眼睛看。"

我喜欢朝天空丢鹅卵石。我等着它们重新掉落下来，在水中发出"扑通"一声。对我来说，水与石子触及的时刻，就像探求真相的时刻。如果有人要揭露一个重要的真相，它就会发出"扑通"一声。父亲和母亲之间为争论在哪儿生活、在哪儿死亡而掀起的战争，并不会发出"扑通"一声，而是两个："扑通扑通"。两个"扑通"合二为一，它们之间的一切差异都被抹去。

等我们回到萨拉热窝，布拉措偷偷跟我说：

"别跟你妈说，我犯了一次梗塞……"

"心脏吗？"

"活着不容易，再加上各种烦心事……不过，拜托你了，一个字都不能对你妈妈讲。"

"我保证。"

到返校的时候了。想知道梗塞是怎么回事也就容易了许多。班里的一个小伙伴向我解释道：

"这没什么，塞梗而已。我父亲发作过七次呢！"

当我洗澡的时候，想保守这个秘密就变得更难了。看着好不容易晒出的棕褐色随着洗澡水一点点消逝，我就非常恼火。因为体育课上用来炫耀的王牌就这样从管道中流走了。运动衣下面，只剩下苍白的肩膀。我可能永远也变不成埃塞俄比亚马拉松选手阿贝贝·比基拉的模样了。

"是梗塞还是塞梗啊？"我向母亲问道。

"梗塞。"

"我朋友说是塞梗。"

"梗塞。你问这个干什么？"

"没什么。我一个朋友的爸爸犯了一次塞梗。"

"梗塞！"

"管他梗塞还是塞梗，我要是再泡澡，就没人会相信我去过海边了！"

"好吧，有时候可能是泡太久了。可每次健身完了，你免不了要洗澡啊！"

"好吧。"

"气温轻微回落，但从北大西洋来的气流将为天气增加不稳定因素。本周天气变化频繁，不过从下周开始，等待我们的将是持续的晴好天气……"

武科·泽塞维奇准确地做着天气预报。

这一天是周日，白杨树也知道今天是休息日。随着季节的迅速更替，秋天艰难地降临在厨房的窗子上，白杨树并没有像往常一样弯下腰。楼梯上来来往往的姑娘和女人们中间，穿着迷你短裙的身影少了许多。她们大多穿起了大衣，我也再没了兴致从窗口观望。每当我沉醉于观察自然界的变化时，时间便不够用了。那些白杨树啊，真是笑话！就算它们的腰再弯，就算它们像这像那，又能给我带来什么呢？！我闭上眼睛；眼皮下面闪过姑娘们的膝盖，初春时分，在窗前肆意卖弄。

"家都要被你淹啦！"厨房里传来叫喊声。

"最终，你会亲身感受到的！"

我正穿衣服，阿兹拉透过窗子往外看：

"一切都和以前不一样……没有春天，十月份还是夏天。再这样下去，一年就只剩下两季了！"

"跟社会一样的趋势，"父亲迫不及待地接上话，"很快就只剩下富人和穷人了……"

"你太夸张了！"

"时间会说明一切……"

"你知道吗？"

"知道什么？"

"要是明天我死了，就永远也不知道你赚多少钱了。"

"死是迟早的事。可要想知道我赚多少钱，永远不可能！"

"你好大胆子！"

我透过厨房窗子向外看。厚厚的乌云冲到我们头上，紧接着下起雨来——武科·泽塞维奇果真说话算话。很快风吹散了云，雨停了。树叶窸窸窣窣，没日没夜地掉落下来。太阳又回来了。

秋天时分，哪怕只要一个晴天，也会让所有人异口同声地说道：这就是圣马丁的夏天。也只有这一天，我们这个鸟不拉屎的地方竟破天荒地有了几分海滨浴场的模样。

"要是咱们这里也有亚得里亚海，而不是什么特列别维奇山和米丽雅茨卡河，在这儿生活也挺不错的。"母亲第 N 次开始了她的老生常谈。

即便她喜欢太阳和历史——不可思议但又千真万确。即便十月的萨拉热窝从不下雨，每年的这个时候，母亲还是会在家中拉响战斗警报。目标：给墙壁增加点儿新气象。

"我最大的心愿，就是看到所有的墙白得发光！"

每年刷石灰浆的时候，布拉措都抱怨个不停。他不能放弃在厨房里小憩的嗜好。在七零八落的工具和物件儿中间，他平日里睡的长沙发就像一个小岛，从一头到另一头盖着一张大大的塑料布。他要小睡一会儿，为出门做准备，当然了，出门是为了特利-特利！

布拉措在看决赛的过程中睡着并不是新鲜事了。这次，是贝尔格莱德游击队与斯普利特海杜克角逐铁托元帅杯。

"不是任何事情都是非黑即白的，阿兹拉——啊——啊——"他睡眼惺忪打着哈欠。

阿兹拉和内多还在忙活。房间的另一头已经粉刷好了，他们把布拉措连带沙发一起推了过去，想趁着一家之主睡觉的时候赶紧完工。布拉措要外出，阿兹拉甚至帮他把箱子都收拾好了。她只希望他尽早出门，这样就能在午夜之前结束粉刷工作。

当布拉措醒来的时候，我松了一口气。我母亲也是。她倚着门框，点起一支烟，神色骄傲，像一只表演完马戏等待掌声的雌虎。她等待着丈夫的称赞，她笃定他会这样做。房间焕然一新！我父亲走到冰箱前，从里面拿出一个盛着冷牛奶的三足小锅，灌了一大口。然后，他说：

"有什么用啊？瞎折腾！"

布拉措·卡莱姆走下楼梯，启动他的大众 1300C，沿阿夫多 - 亚布奇卡路扬长而去，留下他的妻子阿兹拉·卡莱姆呆呆站在原地。她一只手抓着沙发，很像片头字幕滚动时定格的电影画面。她整个人跌倒在内多的怀中，满脸痛苦。

"内多……把沙发挪近点儿……"

她双手捧着肚子，坐到一把椅子上。

"我去叫布拉措？"我说着便往门口冲去。

"别，别。没事儿……"

阿兹拉到卧室躺着去了。内多和我，我们两个在过道里守着，时不时朝她房间里看一眼。晚上九点钟，她从门口探出头来。

"给利帕医生打电话……"她说，"我包里有他的电话号码。"

我按她的要求去做。很快，我就听到电话那头传来医生的声音。

"我？我很好。是阿兹拉肚子疼得不行。"

"是肚子上边！"阿兹拉大喊，"我没有办法……站起来！"

"医生问你摸的时候会疼吗？"

"都要疼哭了！不碰都疼。"

"你有没有吐？"

"吐了三天了！"

"可怜的妈妈，医生说你得了膀胱炎！他马上给医院急诊打电话！"

"但愿不会很严重！"

出租车停在我们楼门口，是一辆福特金牛座。司机帮我们把阿兹拉安放在后排的横座上。车子起步时，阿兹拉痛得大叫一声，司机抽噎起来，像个小姑娘似的哭泣着。

"邻居啊，你可千万不能死！我求你了……"

"你瞎扯什么呢，嗯？"内多插了一句。

"我瞎扯？昨天，我有一个顾客就死在去医院的路上了！"

我脱下鞋子，想往他脑袋上狠狠砸一下，可阿兹拉伸手拦住了我的动作。她自己也下定决心绝对不能死。她又哭又笑。

"别操心了，好邻居！我还没想'驾鹤西游'呢。你呀，操心好自己吧！"

"'别操心'？你这是什么话！你知道你自己现在什么样吗？"

"别说蠢话了！"我大吼道，"别说了！"

"别说了……你说谁啊，我吗？"司机呜咽着。

"行了！"内多发话了，"你赶紧停车！"

"让我停车……为什么啊？她都要不行啦！"

"我叫你停车！"

司机回头看看我们。他被内多的大嗓门吓坏了，猛地在哈德尼克电影院门口的人行道上停了下来。

"下车！"

"悠着点儿，内多，"阿兹拉呻吟着，"求求你了……"

"什么？悠着点儿？！"

内多踹了他好几脚，随后又狠狠扇了他一个耳光，他一跟头栽倒在柏油路上。那个家伙怕自己再遭一顿痛打，当场脱下脚上的白袜子，挥动着表示投降。

"行啦！看在老天的分上……"他苦苦哀求，拳脚又像雨点一样落在他身上。

"喂！表哥！"我大喊，"咱们先把阿兹拉送医院吧，回头你再解决他！"

他们俩根本听不见。直到司机从汽车后备厢里拿出起重器，让它在地上打转儿，使内多没办法靠近，这场殴斗才告一段落。阿兹拉挪蹭到车门边，从背后紧紧抱住我。

"把我背起来……"

我听了她的话。当我把她像书包一样背在背上时，她痛苦地号叫起来，毕竟后背是我浑身上下最坚硬的部位了。

不远处的服务站，一个警察静静地观看着大街上的这场格斗。他只顾喝着咖啡，对眼前发生的事情无动于衷。旁边的加油工沉不住气了，告诉他街上有人正在打架，可他还是像一尊大理石像一样一动不动。

"你可别让我喝呛了……等他们都打累了，我把他们都抓起来！"

在我的背上，阿兹拉的呻吟声渐渐微弱。

我的后背足够强壮，能够承担自己母亲的重量，这真不错，我沿着医学院的路边走边想。这下再也不会有人说我太小了！

到了科索沃医院的接待处，我就不着急了。阿兹拉被人放到担架上，她也安心了许多。一个护士带她去看外科。阿兹拉打了一针之后睡着了，长得很像法国演员费尔南多的利帕医生

　　　　　　　　　　　　　　　　婚姻中的陌生人

特意来安慰我：

"好了。现在，你乖乖回家吧。不用担心，但千万别告诉你爸爸。他犯过一次梗塞了，这你是知道的。"

"嗯，我知道。我明白。"

"他什么都不知道就最好了。明天会给阿兹拉做必要的检查，如果需要手术的话，就做手术！"

我原本不太想自己一个人住在家里，毕竟我年纪还小。可忽然间，一切都变了！粉刷之后，家里的东西都不在原位了。唉，它们都在等阿兹拉回家呢！她知道怎么把房间布置得井井有条。我在被子里蜷缩成一团，比丽春花籽还小，给人的感觉是我想回到母亲的肚子里。我焦虑万分：明天早晨我怎么醒来？我又有点忧伤，因为明天早上就没有人让我再多睡十分钟或者十五分钟了……

然而，我白担心了。

当茶盘里的闹钟跳起来的时候，我早已睁开双眼，看到了清晨的第一缕阳光。气温很低，我迅速完成了穿衣洗漱的所有任务，比平日里快了很多。

我一只脚刚迈出门口，父亲出现了，他没刮胡子。他拖着箱子，亲了亲我的后脑勺，好让我闻不到酒气。

"早啊，小子。你妈呢？"

"她在这儿。我是说……她去旅行了。"

"去旅行了？她怎么可能又在家又去旅行了？"

"她去匈牙利的贝初努① 了。去疗养了。"

"这可真是新鲜事！"

"新鲜事？没有啊。这事儿都酝酿好久了。她跟她姐姐说起过。"

"要想有效果，她得在那儿多待些日子，为了她的风湿病啊！你要去学校了？"

"是啊，可惜……"

"喏，一本关于植物的书。如果你把它们连根拔除的时候，它们也会呻吟，也会疼痛！我以前都不知道。"

"那它们之间也吵架吗？"

"书上没说。等放学了，我带你去吃糕点。"

"雷绍店还是奥洛曼店？"

"任你选！"

在一楼的大厅里，邻居纳达已等候我多时了。她瞪了我一眼。

"千万别让你爸爸知道你妈妈住院的事。"

"别担心，我知道的。"

课上，我什么也看不见，什么也听不到。我一直在看那本

_____

① 一个小镇，现属罗马尼亚。

关于植物的书。当人们采摘或者修剪植物的时候，原来它们真的会呻吟。不过我比它们强壮得多。自从阿兹拉住院以来，我不再唉声叹气了，也不再幻想着变成别的什么东西了。尤其是再也不想变成一个可笑的李子、梨或樱桃了！只有小的时候才能说出这种蠢话！

我得编个什么谎话给布拉措，才能让他相信阿兹拉真的延长了她在匈牙利的疗养？碰碰运气吧，毕竟阿兹拉经常会提起那里大大小小的温泉疗养区。

我的老师斯拉维察·雷马克女士特许我提前一小时放学，这样我就可以赶上医院的探访时间了：

"我也一样，也做过膀胱手术。你告诉她，这没什么的。除了严禁吃蛋黄！"

医院里弥漫着90度氯水和酒精的气味。透过门中间的玻璃窗，我看到了阿兹拉。她睡在床上，额头和脸颊蜡黄，就像涂了蛋黄而导致脸部被灼伤一样。我一进门，她便睁开了眼睛，从被子下面拉住我的手。她微笑着，从床垫下面拿出一块很大的结石，这是从她身体里取出来的。

"别怕，野草是除不尽的！"她看出我担心，便安慰我道。

她露出骄傲的神色，那块结石在她指间转来转去。

"你看，阿兹拉！一层堆一层！"

"你是想说'叠'吗？"她笑着说。

"哎呀，不是！堆！你看啊！"

"你爸爸呢，他回来了吗？"

"回来了，前天回来的。"

我无法解释我为什么会撒谎，为什么我会说父亲早就回来了。谎言一个接着一个，就像前一支烟灭了就得点燃后一支烟。

"他每天晚上都出去，肯定的吧？"

"没有！完全没有！就连特利－特利都不怎么去了。"

"不可能……"

"我是说……你知道他啊，他回家，弄吃的，睡觉。"

"那他打扫屋子吗？"

"要是他愿意的话。"

"什么叫'要是他愿意'？"

"他不洗餐具，那就我来。"

"都是因为咖啡喝太多。我不在的时候，他就哪儿也不去了……你要帮我做点事情。"

"没问题。"

"他至少有五个藏工资的地方。有时候他把装钱的信封偷偷塞到床头柜的抽屉下面，有时候放在烧热水的锅炉上面。有一次，他竟然把信封藏到了冰箱里，还有一次，是塞到了他的一堆袜子里！最糟糕的是，他总是不停地换地方。你一定要仔细翻翻看……"

她很快就明白了我丝毫不想"玩翻翻看的游戏"。

"但是他把一部分工资交给你了吧，不是吗？"我问。

"是啊，不过让我心神不宁的是他藏起来的那部分。"

"他给你的钱已经不少了，你还担心什么呢？"

"因为我没办法做到收支平衡。他在信封上标注了钱数。"

"他会大发雷霆的！"

在父亲和母亲之间，我要保持中立；这一点我清楚得很。突然，我抑制不住地想笑。可能是因为喜悦，毕竟我们三个人都还活着。虽然并不健康，但是还活着。我咯咯地笑着，没办法停下来。阿兹拉不明白我在笑什么。

"快滚，蠢驴！你嘲笑我！"

我把她紧紧抱在怀里，想让她平静下来。她的头靠在我肩膀上，静静的。我们就保持这样的姿势躺在病床上，什么也没说，直到护士长来通知探访的时间结束。

在走廊的尽头，利帕医生叫住了我。

"我们在等组织病理分析的结果。"

"结果是什么？"

"我想可以排除最坏的……癌症！"

我有多想与"癌症"这个词离得越远越好，就有多快从医院跑回家去。我还太小呢！然而想逃避一些词以及它们的含义是不可能的！尤其是那种很严重又可怕的词语！我从医院的围墙翻出去，沿小路走过土木工程学院，阿兹拉就在这里的会计处工作。"癌症"，这个词不断地在我的脑海里回响。在报亭旁的拐角处，布拉措正如约等着我。他已经在桌旁坐好了。

"今天在学校怎么样？"

"挺好的！"

"那就好。现在，你可以随心所欲地大吃一顿了！"

他站起身来，不一会儿就端了一个盘子回来了：四块坎皮塔、两块杜隆巴、两块桑皮塔，还有两杯宝茶①。因为这家甜品店店主雷绍讨厌尼古丁，布拉措便走到外面去吸烟了。他透过玻璃窗看着我。我吃着最后一块坎皮塔，眼泪顺着脸颊流下来，滴在蛋糕的硬皮上。一看到我哭了，布拉措赶紧进店来到我身边。当然了，我还小啊……这是自从阿兹拉住院以来我第一次流下眼泪。泪水一滴滴落在坎皮塔上，我突然觉得这很滑稽。布拉措看了我一会儿，然后起身去结账。

"你哭什么啊？"

"我朋友的妈妈得了癌症……"

"癌症那个大螃蟹？老天保佑！"

"其实，医生们还不太确定，不过我朋友看起来心情很沉

---

① 文中出现的甜品及饮料的名称依次为：krempita，一种奶油蛋糕；tulumba，小棍状土耳其甜品；sampita，一种饼干；boza，以玉米粉为主要原料的非酒精饮料。

重，我为他感到难过。"

"肯定的啊。好了，现在没事了。"

他用他的领带帮我抹掉眼泪，这个举动让我笑起来。

"好啦，我不哭了。那你呢……"

"我？"

"你得向我保证：今晚不去特利－特利。"

"唉！我就去溜达一小会儿，为了透透气！"

"那我能跟你一起去吗？"

"不行。你的作业怎么办？"

为什么他非要每天晚上都出去而不待在我们家呢？在他心里，特利－特利比我还重要！这下子，我完全能够理解阿兹拉了。我用力挣脱他的拥抱，可还没等我走出两步远，他就一把抓住了我的肩膀。

"你根本不爱我们！"

"你太放肆了，小子！"

"你爱怎么想就怎么想吧！"我咬牙切齿，恶狠狠地反驳道。接着，我从苏捷斯卡路一直跑到科柳察路。

布拉措不和我一起回家可把我气疯了。他费力地追赶我。楼梯爬到一半的时候，他拽住了我的袖子。

"快停下，我不行啦……"

他的肺好像不是自己的一样，吱吱的声音从他喉咙里冒出来。他把我抱在怀里，仿佛明白了我多希望他不把我一个人丢下，多希望我们两个能一起回家。

他打开门，眼前的景象让我们一阵心痛。房子刚刚粉刷完毕，不过空空荡荡！只有一点好，那就是七零八落的物件儿上都盖着大大的塑料布。困意向我袭来。布拉措给我脱鞋的时候，我的脑袋已经昏昏沉沉的了。我渐渐合上双眼，竟然睡着了。

午夜时分，我被突然传来的爆炸声惊醒，好像一楼进门大厅的玻璃都被打了个粉碎。紧接着，是有人大声咒骂的声音。透过床头柜上的三折镜，我看到父亲身子歪歪斜斜，步伐跟跟跄跄，试图找到进来的路。他的神志拿他那肥胖的肚子完全没办法。肚子里灌了太多酒，使得他身体朝后仰着。他走到厨房里停下，一头倒在长沙发上。

"他妈的！刷墙做什么……"

他说话慢吞吞的，就像当年苏联人在柏林宣布苏联部队已经攻占柏林一样。他的嘴巴想快点说话，可惜大脑不允许。

"为什么……她不在家，阿兹拉……贝初？"

怎么跟酩酊大醉的父亲讲话呢？他既想脱大衣，又想点燃灶头，又想热夜宵。当他没喝酒的时候，嘴里塞满食物也能滔滔不绝；可现在，他脑子里早已乱成一团，衣服没脱掉，炉灶也没点着。他费了好半天劲终于点燃了炉子，却被半脱下来的大衣绊倒了，还打翻了所有放在灶台上的东西。他重新站起来，随后捡起散落在地上的盘子，又把洒在地上的腌酸菜放进小锅里——他在做所有这一切的时候，就像个无辜者，像个嘴上会说"当然不是我，我什么也没干……"的幼稚孩童。

透过半掩着的门，奇特的一幕呈现在我眼前，前所未见：裤子脱到一半的布拉措跪在那里，背靠着沙发……他睡着了！他费尽周折终于放在了炉灶上的饭菜开始冒烟，烧焦了的卷心菜散发出难闻的气味。想把布拉措扶起来放到沙发上并不难，但是想帮他脱掉裤子和衬衫，我得拿出在青年工场埋头苦干的劲头了。他发出呼噜呼噜的声音，身子扭来扭去，还用力挥动着手臂。我隐隐觉得他状况不妙。我拿了把椅子坐在旁边，双眼紧盯着他的胸脯。他的胸脯很不规律地上下起伏着。

他究竟呼不呼吸了？……他在呼吸吗，还是没有呼吸了？……

困意再次向我袭来。我的脑袋已经摇摇晃晃了。没过一会儿，有人来敲门。

"谁啊？"

"是我，内多。开门，阿列克萨……我姨妈怎么样了？"

"医生说手术很顺利，现在还在等分析结果，之后就能知道她还要在医院待多久了。你知道吗？我尝试了你说的待在热水里的事儿……"

"怎么样？"

我凑到他跟前，趴到他耳边悄声说：

"最终……你会亲身感受到的。"

布拉措的呼噜声打断了我们的谈话。紧接着是一阵寂静。内多赶忙冲到厨房里。

"黄柠檬！水！快点儿！"

我站在过道里，看见父亲躺在沙发上，先是费力地喘气，后来喘不上气来。他看不见我。

"他还有救，阿列克萨。快打电话给急诊！"

"这下倒霉透了……不，布拉措，你可不能这么对我！"我说。

内多把柠檬一切两半，在我父亲胸口来回擦拭。然后他把柠檬递给我，跑去打电话了。我简直不敢相信：在短短的一周时间内，母亲和父亲两个人都要离开我们家了！而且还带着各自关于人类生存地点和生存状况截然不同的观点！我使出全身力气，按压着布拉措的胸口。恐惧在我的双手之间激发了某种特殊的力量，压力让他难以承受。

"轻点儿，阿列克萨。轻点儿，孩子。"

内多试着拨打布拉佐瓦路急诊的电话，但没有人接听。我移开胳膊，问他发生了什么；他看着我，不安写在脸上。焦虑在大人们的眼里更容易看出来！我真怕布拉措会在我们怀里断了气。内多一只手握着电话筒，给我示范怎么干脆利落地按压胸部，再怎么干脆利落地松手。他终于联系上了诊所值班室的人。但布拉措没有了呼吸，也没有了生存的希望。他的眼神变得黯淡。我看着他，无能为力了。他在向着死亡下沉。这时，内多出现了。

"喂！你用力按下去，再松手。多来几次，快！"他向我解释道。

我用两只手"折磨"着我父亲。一次、两次、三次。第四下很重，他睁开了眼睛。他又有了呼吸，注视着我，满是感激。我的双手颤抖着，没办法说清楚究竟发生了什么。等医生带着两个助手赶到时，我表哥把我紧紧搂在了怀里。因为高兴，我的心脏怦怦乱跳。但是没有泪水……这怎么可能呢？无动于衷。所以我才没有哭！

"一切都会好的，当医生说这话的时候，他的两个助手把我父亲抬上了担架。他们刚把布拉措送上救护车，车上的警铃声就开始响了起来——对我来说，这个时刻是最艰难的。"

我的眼睛不由自主地闭上了，因为太累。内多一把抱住我，我这才醒来。

"你妈妈的手术进展得很顺利！布拉措被送进了重症监护室！最终，你会亲身感受到的！"

"他会没事儿吗？"

"他已经没事儿啦！"

"那他不会死了?"

他用他那卡车司机的双臂紧紧抱着我,有那么一刻我都喘不过气了。然而我依旧很忧伤。

"不会的,不过他以后得留神了!而且接下来的几天,不能让人去探访,以防他会情绪激动!"

萨拉热窝灰蒙蒙的秋天,我一个人。形单影只。不知道我到底还是不是小孩。昔日里,缕缕阳光竞相把白杨的影子投射向天空,现在再也找寻不到它们的踪迹。过去,高矮不一的姑娘们迈着大小不一的步子,露出长短不一的大腿,现在的她们却已无法在我心中激起半点涟漪。

醒来对我来说并不是难题。透过窗子,我看见内多,他拿着一摞印有弗拉尼察字样的饭盒。

"我用不着这些了,"他边往里走边说道,"我刚路过食堂吃了饭。你现在的工作,就是当心脚下,别把饭盒打翻了!"

他又一次把我抱在怀里——太用力了,以至于我都不想再见到他了!他走到楼梯上还在喊:

"最终,你会亲身感受到的!"

一点十分,学校的铃声响起来了。一天的课结束了。

不,一定不是癌症!我心想。可不知为什么,从我眼前晃过的那些白花花的膝盖又出现在了我的脑海里。

我们楼门口站着一个男人。消瘦、秃头、画着黑色的眉毛，他正抽着无滤嘴的莫拉瓦香烟，坐在混凝土砌成的台阶上。

纳达，我们的邻居，给他拿来一个小板凳；他站起身，坐在小凳子上。

"可怜人儿，你会着凉的！"她对他说。看到我回来了，她面露喜悦。

"是你爸爸的工资，"她解释道，"我没法拿走，因为我没有他的签字。"

"我也没有！"

"别说蠢话了，小子！"那个男人说道，"我是不会再带着这笔钱走的。你想让小偷盯上我吗？过来，按个手印。就在这儿……完事我就走了！"

"那钱呢，我拿这些钱怎么办？一个公务员的工资，可不是小数目啊！"

"今天，就都花了呗！"

他递给我一个信封，还有一张纸，我照他说的，按了手印。他在楼梯上消失了。我一进家门，就赶紧把信封放在了床头柜上，紧挨着布拉措的床的那个。等我再走出家门，看到了微微敞开的窗子。

这个家伙，我心想，天知道他是谁啊？他说有人可能会把我爸爸的钱偷了去，也许不是玩笑话。那……想偷钱的人为什么不可能就是他呢？……

浴室里，我拉过来一把椅子，把信封放在烧水的锅炉上。锅炉顶上是圆的，信封掉下来了。我再放上去，信封又掉下来了。我尝试第三次，这次它滑到了我手里。信封上写着：布拉措·卡莱姆，890,000第纳尔。我打开信封，看见里面厚厚一沓100和500的票子。唯一的办法，就是把钱带在我身上，时时刻刻带在身上。我把钱分成两沓，一沓塞进我的袜子里，另一沓装在裤子口袋里。爱怎样怎样吧！

我一溜烟跑过戈鲁察路，穿过游击队员公墓，就到了科索沃医院后面。福阿德·米继奇路上，聋哑人之家旁边的铁丝网有了个窟窿；我偷偷从那儿钻进去——但是到了入口处，我被赶了出来，因为我太小了，还没有身份证。长久以来等待着修剪的绿草，在我脚下沙沙作响。我脑袋里只有一个念头："癌症？"在外科部门前，我遇到了利帕医生，他来看布拉措。

"不是癌症吧，嗯？利帕先生？"

"我跟你说过啦，孩子……当然不是！"

我跳到他怀里，我拥抱他，亲吻他。然后，我三步并作两步冲上楼梯，目标是三楼，阿兹拉的房间。

"这么说，你没有生病啦？！"

"野草啊，永远除不尽！来，你坐下！"

我拿出饭盒，赶紧把汤递给她。她掀开盖子，目光却落在

婚姻中的陌生人

我脚上穿的袜子上；仿佛她知道我把父亲的钱放在哪里了似的。我后背一阵发凉。

"这双袜子不是你的吧。"

"不是。是老爸的。"

"你怎么啦？扭来扭去的？"

"我马上回来，我得赶紧去趟厕所。"丢下这句话，我飞也似的冲出去了。

我冲到女厕所里停了下来，背靠在墙上，上气不接下气，就好像我是被什么人追到这里来了。等我确信四下无人，便马上着手重新分配这笔钱：我把两只袜子里的钱拿出来，分成几份藏在身上，衣服的几个口袋里，还有内裤里。我往脸上拍了点水，好让自己的脸色看起来正常些。

"你是不是知道……在哪儿了。"我刚回到病房，阿兹拉就问我说。

"什么在哪儿？"

"装钱的信封。你没好好找找吗？"

"行啦，阿兹拉！我挺难为情的，这么做不合适。"

"你说得对。反正直到现在我还被蒙在鼓里，以后就继续这样吧。"她嘴上这样说，却用探究的眼神盯着我。

她自己都不相信自己说的话，我心想。但是，我把她紧紧搂在怀里，这足以缓和气氛了。慢慢地，她喝完了邻居纳达做的汤。

"好了。我得回去补习数学了。"

"好好学，儿子。只有这样，以后才不用依靠任何人。"

"那你呢，你依靠谁呢？"

"要是没有他的工资，你和我啊，咱们都得完蛋。"

尽管这句话令我内心痛苦，我还是把她抱在了怀里。离开医院的时候，我看见她在窗子后面一直目送着我，向我挥手再见。我回应她，她笑了。我绕到大楼的另一侧，从公园溜了，然后我再偷偷摸摸返回住院部，到我父亲那里去。这是我第一次来探望布拉措。

"唉……看我这儿，小子！"利帕医生一边抱怨，一边指着一整条万宝龙香烟和一瓶威士忌给我看。"布拉措去送他的同事了，有男的也有女的，都是波黑共和国执行委员会的人。领导国家的就是这么一群蠢货！有人差点儿因为梗塞丧了命，这群蠢家伙就把烟和酒给他拿到医院来了！快来，把这些东西拿回你家去！"

我父亲布拉措·卡莱姆坐在床边。他正等着我。梗塞似乎让他变年轻了。我脑海中突然蹦出一句话："野草啊，永远除不尽！"这句话无法让人对任何事燃起希望。

"阿兹拉从匈牙利回来了吗？"

"她打电话回来说要在那儿待到这周末；她还问了你的

近况。"

"你没跟她提这事儿吧?"

"当然没有!我说你一回家就睡觉,然后就去特利-特利!我说错话了吗?"

"说错话……没有。不过千万别因为微不足道的小事让她发火了……阿兹拉,她说得有道理:参加完葬礼之后,还是脚踩着噼啪作响的松针更好。你想想看,如果我死了呢?你得去巴尔,你就只能在泥浆里走!"

"不要总说死的事情了!"

"好吧!"

我父亲把我拉到他身边。他呼吸得有些困难。当他紧紧抱住我的时候,我看见一滴眼泪落在枕头上。其实,他不想让我看到他的脸。

"别哭!"我说着,扯起床单拭去他脸上的泪水。

"你告诉阿兹拉,咱们要把巴库夫的姑妈在新海尔采格的那套房子买下来,她心心念念了好久了。这样一来,我们也能在这辈子余下的日子里脚踩得松针噼啪作响了。"

"她会很高兴的!"

我用尽全力抱紧他,好让他觉得我长大了。

"执行委员会一个送信的把你的工资送来了。他还问我打算拿这笔钱干什么。我跟他说:'等我妈妈在的时候你问她吧,我什么也不知道！'"

"你妈妈跟我的钱有什么关系啊？"

"那我可不知道！"

"跟她一点关系都没有！对了，我那笔钱，在哪儿呢？"

他把我搂在怀里，隔着我的衬衣，他的手掌摸到了藏在我腰间的钱。

"嗯……在它该在的地方。"

"在哪儿啊？"

"在委员会呢。送信的又把钱带回去了。"

"你还真让我感到意外啊。你不再是小孩子了，对你这个年纪来说已经很成熟了。干得好！"

我父亲犯梗塞绝对不无道理。现在，一清二楚了。

"……你要知道，我给阿兹拉的钱足够我们一家的吃穿用度了。剩下的，是要放到黑匣子里的。"

"那是什么呀？"

"老天让我们现在过不着苦日子，可是你无法想象我们的父辈曾经有多穷……"

他拿黑匣子编了什么故事，我才不在乎呢。不过，医院，我那天可真是受够了。我吻了吻父亲，他把我一直送到门口。再没有什么是比顺着医院的楼梯跑下去更容易的了。可就在这个时候，我偏偏又想起了女人们的大腿，暴露的长短取决于步子的大小——当然了，是在她们上楼的时候！

从公园可以看见布拉措房间的窗子，他挥着手与我再见。我以同样的方式回应他，顺便找个可以开溜的地方。等我走到公园尽头，已经越来越接近另外一条路了……是返回阿兹拉病房的路！透过玻璃门，看见她正熟睡着，我着实松了一口气！不需要再陪她说话了。

杜拉-达科维奇路上的霓虹灯亮了起来，黑夜降临了，我不觉得害怕。我已经渐渐习惯了钱在我身上的感觉，袜子里的、紧贴着腰周围的，还有裤子口袋里的。因为要从医院回家，我跨过城郊之间的界线。一头，金属材质的路灯高耸入云，发出一束束强烈的光；另一头，带反光镜的老式路灯只能勉强照亮一段楼梯，而且早已被醉了酒的年轻人们损坏得不成样子。

在科赛伍斯科-布尔多与茨尔尼分界的地方，在一座废弃的砖厂旁边，一个小伙子和一个姑娘——他，身材魁梧，穿着海军蓝色厚呢子上衣；而她，十分娇小——正在接吻，没什么值得大惊小怪的。可是我注意到，那个姑娘虽然在吻那个小伙子，眼睛却在盯着我。突然，她开始大喊，一连扇了小伙子三个耳光。小伙子朝那姑娘猛扑过去，就要动手打她。他把她一把推倒在灰堆里，她滚了出去连喊救命。我一时间忘了父亲的钱还藏在我身上，便冲过去一把抓住那小伙子。

"你怎么能这么做！她个子这么小！"

"你说什么？"

"你这么大个头，会要了她的命的！"

"你是谁啊！凭什么这么跟我说话？！"

"我谁也不是。我就是想说，这不公平！"

姑娘一个鲤鱼打挺站起身来，拍掉衣服上的灰尘。她长得不错，腰肢纤细，穿着紧身裤，是个金发茨冈人。足以让我在注满热水的浴缸里细细回味了！她上前一步，抓住我的下巴。

"你想干什么？！"她问我。

"我想干什么？……什么都不想干！我就是想让他别打你了！"

"你是谁啊？凭什么掺和我们的事？！"

"我谁也不是……"我刚一开口，那小伙子照着我鼻子就是狠狠一拳，打得我眼前直冒金星。

我跌倒了。我转头面向他，看到了他的脸。摔在地上之前，我拽住了他衣服的背面。他一脚踹过来，我的手都麻了，但与此同时，我扯下了他衣服上的一颗扣子。

我不知道天已经黑了多久，但身上的寒冷和脑袋里的疼痛让我醒了过来。我朝四周看了看。一个人也没有。我正倚着一棵树，而且……全身赤裸裸的，就像新生儿一样。我松开攥着的拳头，看见一颗纽扣。一丝不挂、可怜兮兮的，手里只攥着一颗纽扣，我能做什么呢？发烧让我感到虚弱，是因为气愤，或是鼻子上的伤痛，还是因为自己全身赤裸？我也不清楚。我像风雨中的树叶一样颤抖着，跑向废弃的砖厂。突然，我想起学校里有个伙伴叫塞利姆·赛依迪奇，如果我打算穿过茨尔尼乌尔回家，他家就在旁边。他家里有十个孩子，甚至更多。说真的，这个数字时常变化，有时候甚至能达到十四个！他们可能有些旧衣服，可以让我体面地回家去。

他们家的卧室下面有一个隐蔽的地下室，充当着整个戈里察的游戏厅；弗拉特尼克[①]的人甚至科瓦契的人，都会到这儿来。听人们说，切罗，这家中的父亲，靠茨冈姑娘卖淫赚钱。大风呼呼地吹过戈里察，从脚指头到头发尖儿，我浑身都冻僵了。我走近他家那用油毛毡包裹着的破平房；一扇窗子朝着厨房。我用头抵着窗玻璃，看到一个肩膀宽阔的男人，这身影好像并不陌生……等他转过身，我认出来了……"最终，你会亲身感受到的！"我揉揉眼睛。没错，就是他，我眼前的，正是我的表兄内多！

他只穿了条裤衩，正在挺着胸脯大秀肌肉，神气活现地走来走去，对着镜子认真欣赏着自己。他试了试浴缸里的水温，大量的蒸汽从那里冒出来。不消一会儿工夫，我身上已经暖和了起来。厨房另一头，门开了，进来的正是那个把我偷得精光

---

① 萨拉热窝的一个街区。

的金发茨冈姑娘！我的心脏都要跳出来了；有那么一会儿，我都要犯心梗了，像我父亲一样。她走到浴缸旁边，停下来，任由裹着身子的毛巾滑落在地上，露出坚挺的乳房和圆滚的臀部。我忘了寒冷！不知道这是否就是内多对女人们说"最终，你会亲身感受到的"的方式。他发出人猿泰山般的叫声，一下跳进浴缸里。在纷飞的水花中，他转过身，脱掉内裤，哧溜滑到水下没了踪影。金发茨冈姑娘咯咯笑起来，等着看后面的好戏。等内多露出水面的时候，他摇晃着湿答答的头发，像虎一样咆哮着。很明显，高潮部分到了，只见金发茨冈姑娘先退到窗子跟前，然后铆足力气冲向浴缸，叫喊着扑到他身上。两人一起潜入水下，片刻之后浮出水面，身体交缠。内多抱着那姑娘，仿佛一个模范生紧紧抱着笔。他们发出令人难以忍受的叫声，喘息着，把身体靠在墙上。我可能永远想象不到，一个男人的生活会如此艰难。

忽然，有人拍了拍我的后背。我转过身……是老切罗。

"那个妞儿，她给我赚钱。她大喊大叫的，好像嫁了自己的哥哥！你呢，小家伙，你干什么呢，嗯？"

"我……没干什么！"

"什么？没干什么？！在我这儿，什么都不是白看的！"

内多和那个金发茨冈姑娘更过分了。他们叫得更响了，他把她粗暴地按在这座小破房子的墙上！这是什么？！世界末日吗？

切罗惊慌起来，咳嗽了几声。我悄悄地绕着房子转了一圈，一直钻到这个小房间里。我随手拿了个毯子披在身上。

"喂！轻点儿……你要把我的房子搞塌啦！"切罗抱怨道。

"我付过账了。闭嘴吧你！"内多反驳道。

"有你在，这生意真没法做了！"

内多如发情的公鹿般叫得越来越响，我不得不捂住两只耳朵。过了一会儿，终于安静了。我蜷缩在房间的角落里，只听见切罗咒骂道：

"他妈的！我赚钱容易吗？！"

"什么？！他妈的！你把房子建结实点儿吧！"

"别闹了！"

我裹着毯子，走到内多的房间里，他正在和那个金发茨冈姑娘喝咖啡。

"呃……是我。"

"嗯……从哪儿冒出来的啊，你？"

"我……我也想……"

"你还太小呢。耐心点儿，我以后会带你去快活。"

那个金发茨冈姑娘认出了我。她把杯子放在咖啡壶旁边，转过身去背对着我，一言不发，急急忙忙收拾起她的东西准备逃跑。

"喂！小妞儿，等等！再来一发！喂！"但是，她已经跑出去了。

"他们偷了我的钱！"我急了。

"钱……什么钱？你说什么傻话呢？"

"不是傻话！他们从我这儿偷走了890,000第纳尔。是布拉措的工资！"

"是她吗？"

"他们先是痛打了我一顿，把我的衣服都脱光了。然后他们抢了我的钱跑了。"

"该死的小偷！"

我们两个穿过李子园。又跑过科柳察路。我费劲地跟在内多身后。他一边跑一边穿衣服；而我呢，我身上裹的是切罗家的毯子。

"你能跟上吗，表弟？"

"跟着呢！"

"敢偷我姨妈的钱！我让他们长点记性！"

我们在杜拉－达科维奇路上拦了一辆出租车，司机把我们送到卡梅科——斯肯德利亚的一家咖啡馆。那儿的酒鬼简直多如牛毛。内多带着我上楼，一桌挨一桌地找。所有人都认识他，也都害怕他的大脑袋和大手掌，方圆几公里以内的人都说，他的双手就像两只扳子一样有力。烟云缭绕之中，我好像认出了那个袭击我的家伙，我领着内多走到他桌边。他们一伙人正在玩骰子，满口粗话！内多一把拿光了桌上的所有赌注，他们立刻安静了下来。

"喂……怎么回事？"欺负我的那个家伙问道。

内多上去就是一拳，那家伙起初还想还手，可过了一秒钟，他便安静了。

"我以铁托和我所有的家人发誓，我真不知道是怎么一回事儿！"

"你的外套在哪儿呢？"

"嗯……在那边！"

"拿来！"

那小伙子连忙举起双手做无辜状，一口咬定自己什么也没干。他从更衣室回来，手里拿着那件海军蓝色厚呢子外套。内多从他手里夺过衣服，又向我伸出一只手，我把纽扣递给了他。内多把它准确地安在了扯下来的地方。

"你出来！"

尽管斯肯德利亚不是他的地盘，内多还是毫不犹豫地掐住了那个家伙的脖子。

"看来你只会欺负比自己小的啊！是吧，大个子？"内多指着我说道。然后，他用胳膊锁住那个家伙的身子，一直把他拖到桥上，就在耶稣教堂旁边。内多命令他脱下衬衫。那家伙试图反抗，然而又是重重的一巴掌，让他不敢再有脾气。

"以铁托和我的家人发誓，我什么都不知道……"

内多抓着那家伙的脖子，把他推到栏杆前，然后拽住他的两条腿，让他赤裸的上半身悬空吊着。

"不——别这样！我求你了！"

内多毫不费力地系起他的裤子，勒紧他的腰带，抓住他的两只脚把他倒挂在桥上。那家伙头朝下脚朝上，脸冲着米丽雅茨卡河。

"我姨妈的钱……告诉我到底在哪儿？！"

"钱……在宾博那里，他在伊利扎路上！"

"最终，你会亲身感受到的！"

三下五除二，内多就给他松绑了。

"把衣服脱了！"内多命令他，"全都脱了！"

他拿过那家伙的衣服，又一件一件都递给了我。他帮我穿好衣服。看见我这个样子，人家肯定会以为我刚逛完的里雅斯特①的服装店。直筒裤太长了，我只能把裤腿卷起来。皮鞋要比我的脚大三码！最后，内多把那件呢子上衣也丢给了我。

"以铁托和我的家人发誓，宾博从我这儿偷走了所有的钱……"小伙子哼哼唧唧地说。

---

① 意大利东北部边境港口城市，位于亚得里亚海与斯洛文尼亚之间。

我们很快达成共识。出租车把我们三个人送到宾博的小酒馆。这家店与伊利扎其他的咖啡馆没什么两样。不过走进去才发现，里面一个人都没有。烟从地窖里冒上来。

"人都在下面……我先藏到厕所里。你，你去跟那个年轻漂亮的小姐要点油，然后把油倒在地上。一定要够厚，知道吧？尤其要记住一点，你千万别分心，不然的话就搞砸了！"

"放心吧！"

"你，你跟着他！"内多对我的侵犯者下了命令。

除了命令，内多还额外用力揉了他一把。

我严格按照表哥说的去做，但是，我没办法从脑中抹去布拉措的脸以及他经常去咖啡馆的事实。我走进地窖，阵阵酒气让我想起了一张张咖啡馆常客阴沉的面孔——过去父亲带我去过一些。自从我十岁开始，这些面孔就深深刻在了我的记忆中，那时我常常像人质一样被困在萨拉热窝的各色小咖啡馆里。有时候，他们的特利－特利活动一直持续到半夜！那样的夜晚，布拉措便把我放在两把椅子上让我睡觉，并重复起不知说过多少次的话："咖啡馆的日子……你看到有多难了吧？而阿兹拉竟然还以为我是来找乐子的！"

可能是受到这些想法的影响，抑或是内心渴望亲身感受一下咖啡馆生活的艰辛，我径直走到柜台前甩出一句：

"小妞儿……一份特利－特利！"

"一份什么……我的小鸡仔？"

"一份特利-特利！你不知道是什么吗？你哪儿来的？"

"从弗拉特尼克来的。"

"不，我没问你这个！我只是象征性地这么说，意思是：你是哪儿来的，竟然连这么重要的事都不清楚？给我拿来！"

"可是我听说过，小鸡仔！"

"一升雷司令加一升气泡水！我给你……给你个零分！"

那女服务员莞尔一笑，不过看到我旁边有一个赤身裸体的男人，便尴尬地垂下了眼帘。厕所里，内多有些焦躁了，催着我赶紧喝下我人生第一杯特利-特利。而我呢，我不着急，汽酒灌满了整个胃——布拉措说得对，酒在喉咙里轰轰作响的感觉真棒。我转向光屁股，只见他冻得直哆嗦。

"小妞儿，给这个废物来一杯拉吉拉①，他都快冻死啦！"

"你最好把呢子外套给他穿。"

"给他一杯拉吉拉，照我说的做就行了！别他妈的烦我！"

"你说的什么话呀，我的小鸡仔！"

我倒了杯汽酒一饮而尽，然后走到柜台后面：

"你们这儿的油呢？"

"哇哦！你还真是个汉子！你多大了？"

---

① 一种水果白兰地，酒精含量通常为 40% 甚至更高。

"十八……油呢？"

"我算你十九。"

我又干了一杯汽酒。她有点诧异，但还是从厨房里拿来了一桶两升的食用油。我开始觉得她有点合我的口味，这个服务员——坦白地说，虽然她算不得尤物。我贪婪地打量着她的大腿：绝对比我家厨房窗子前经过的那些更加诱人。

我当着光屁股的面把油浇在地上，他根本不明白怎么回事。整个咖啡馆都被淹了。柜台后面，服务员挥动着小手，面带微笑等着接下来的好戏。等倒完最后一滴油，我找位置坐下；我又给自己弄了杯汽酒，然后指给光屁股地下室的入口。烟从那里冒出来，还有各种粗话。按照我们事先约定好的，光屁股走到楼梯口，等我一发出信号，他开始大喊：

"怎么样……死基佬！往我这儿看啊！怕了吧？哎！蠢货！你们是聋了吗？"

还是按照事先约定好的，我藏在柜台后面，把服务员小妞儿拉到我身后。

宾博带着一伙儿人立刻跑了出来。可没想到的是，他们都脚下打滑摔倒在了地上。内多从厕所里冲出来，悄悄抄起第一把椅子，迅速瞄准对方的脊背砸下去，然后是第二把、第三把……或者，偶尔也会砸到头上——只要他们这群混混中有一个站起身来。一把把椅子爆裂开来，碎片飞得到处都是。那个女服务员却止不住地咯咯直笑……

他们一伙人当中，只要谁还能够站起来，那他的两条腿马上就被砸断了。内多转身走到宾博身边，拽住他的一只脚，把他一直拖到楼梯口。宾博的皮鞋就像雪地上的车轮一样在地上打滑。我的表兄扯住他的两只耳朵往地窖里去了，他是去把钱要回来。与此同时，我从柜台后面跳出来，由于恐惧作祟，我开始大吼起来，就像内多刚刚在切罗家和金发茨冈姑娘在一起时那样。看到一个躺在地上的家伙还在动弹，我嘶吼着照他一顿乱踢。一旁，光屁股正蹲在地上脱其中一个人的衣服。我不假思索，朝他劈头盖脸一顿猛打：

"喂，这是给你的！最终，你会亲身感受到的！"

"我简直不敢相信萨拉热窝有这么多咖啡馆。"跟内多从斯弗拉克努村的一家小酒馆往外走的时候，我对他说道。

歌舞厅、咖啡馆、小酒馆……所有的一切都被抛在身后，我们只带着无限的荣耀和自豪离开。我让店里给每张桌都上了一份特利－特利。

我们走进伊利扎的古塔咖啡馆。我继续对比我大好几岁的表兄发号施令，可出乎意料的是，他竟然对我言听计从。

"给钱。把所有的钱都拿出来！"我命令他。

"别啊，表弟，求你啦……要是把钱都花光了，我们该怎么办啊？"

"我不管……我是个自由的男人！"

"你才十三岁啊！"

"我想喝酒！服务员！我做东，请所有人喝酒！"

"别，别这么做……我求你啦！"

整个咖啡馆鼓起掌来，他们肯定以为遇到了酬宾活动。我有点站不住了……我掏出钱，结了所有人的账，然后晃晃悠悠走向卫生间，准备好大吐一场。

咦？我心想，洗漱台怎么比一刻钟之前我离开那会儿多了不少……

我沿着狭窄的楼梯走了许久，又走过一段更为狭窄的走廊，仿佛走进了地心深处。地下墓穴中烛火摇曳，我不由得眯起眼睛。

突然一束强烈的光，我的双眼感到灼热无比。又走了几步，光线溶解在黑暗之中。紧接着，一条长毛绒的帘布徐徐拉开，一个小小的舞台映入眼帘。台上表演的是一支阿根廷的探戈舞，一个女人，正左右摇摆着她的肥臀。接着，肯定是因为事先有什么秘密协定，几个男人跑上来亲了她两下，两边屁股各亲一下。他们在她面前伏倒，仿佛她就是神灵。忽然她开始放声高歌，这期间，有个侏儒拿出一颗硕大的钉子，把它展示给挤在舞台旁的观众们看。雷鸣般的掌声响了起来。那个侏儒把钉子固定在他身旁的一段木桩上。那女人继续唱着歌，公然扭动着屁股不断靠近钉子。

"我依然爱着你，今晚……将一片狼藉。一片狼藉，一片狼藉……"

观众们和着探戈的节拍高呼：

一片——狼藉！一片——狼藉！一片——狼藉！

那女人继续后退，靠在木桩上，把那颗钉子吸进了屁股里。

"我——依——然——爱着——你！"她唱道。

全场一片寂静。女人脸上露出轻微的抽搐，但瞬间就被胜利者的微笑取代了。然后她把屁股转向我们，每个人都可以看到隐没在两个半球之间的那颗硕大的钉子。最后，她露出光芒四射的微笑，这个由屁股带来的胜利让她十分满意——这场表演的压轴好戏。

气温骤降。尽管这样，温度计上显示的数字也没有去年的低。西伯利亚式的寒冬在萨拉热窝一去不复返了。又是个周末，透过厨房的窗子，我看见几滴雨滴在空中凝结成冰。布拉措和阿兹拉两个人一出院便明白了我曾向他们隐瞒真相：他们近在咫尺，而以为彼此相距甚远。布拉措睡在厨房的长沙发上，而阿兹拉在卧室的床上。

我热了午饭，是我们的邻居纳达太太做的。我按照饭店那样摆放了餐具，为了让他们愉快地就餐，我甚至还在该摆放餐

婚姻中的陌生人

巾的地方放了餐巾。我走到卧室里，小心翼翼地扶阿兹拉站起身。因为手术的创口还很疼，使得她走路不太方便。不过，她竟然成功走到了她的椅子前。

"天呐……太受罪了！"她叹了口气。

"会越来越好的。昨天，你还站不起来呢。"

布拉措站起来，洗了洗手，透过窗子看着窗外。

"阿列克萨……我想到一件事：气候变化，这对苏联可不好。"

"你这么觉得？"

"没有春天，也不像过去那样还有冬天。外面现在多少度？"

"零下5摄氏度。"

他用厨房的抹布擦擦手，一脸忧心忡忡的，在餐桌前坐定。

"我的天呐！这对苏联人来说可艰难了！看来他们没什么盼头了！"他说。

"这跟苏联人有什么关系？"

"当然有……他们该怎么自卫啊？！"

"好啦，"阿兹拉插嘴道，"饶了我们吧，别再说你的美国人和苏联人了！你还想让你的心脏再罢一次工吗？"

"愿意罢工就罢工好了！你倒是说说会发生什么啊？如果第三次世界大战爆发将会怎样？全球气候变暖，你想过吗？怎么才能击退进攻？没有冬天，就没法防御！一旦拿下西伯利亚，西方国家就不会停了。妈的，以后的日子不好过了！"

"得啦……还不如看看咱们的儿子！"

"咱们的宝贝儿子！"

布拉措看起来有点激动。他朝四周看了看，欲言又止。我佯装不知道他在为什么而烦扰。我做出关于大屠杀的电影中的克劳斯·克林斯基那副英勇无畏的神情。阿兹拉慢慢挪蹭到浴室去洗手的时候，布拉措急忙凑到我跟前。

"那个……你知道我的工资在哪儿吧？"

我环顾一下四周，然后盯着窗外那些愚蠢的白杨看了会儿。我不知道该回答什么。最后，微微一笑。

"不是吧……真的？！她不知道在哪儿吧，我那笔钱？"

"当然！"我说。

"太好啦！那你把它藏在哪儿了？"

"你知道我什么时候才会告诉你钱在哪儿吗？"

"不知道，什么时候？"

"等你长大的时候！"

"嗯？"

"爸，你还太小。等你长大了，你就会明白的！"

他差点笑得背过气去。窗外，雪已经开始下起来。

　　　　　　　　　　　　　　婚姻中的陌生人

奥运冠军

天下着雨，秋风卷走白杨树上最后几片叶子。有人在街上扯着嗓子唱歌，我们三个都扒着长沙发看向窗外。楼下，五次获得过南斯拉夫业余无线电爱好者比赛冠军的罗多·卡莱姆正紧紧扶着栏杆。

"我亲爱的，你们有什么需要吗？"

不管遇到熟人还是生人，我们的罗多总是没完没了地问这个问题，他像白狼一样因此出名。

他对别人有多殷勤，就对他的妻子和自己有多刻薄。他经常喝得醉醺醺的，手脚并用，沿着通往戈里察高处的台阶往上爬。对于罗多来说，每天沿着戈鲁察路的陡坡一直走到顶，亲自征服每一级台阶，算是体育方面的成就，简直比得上在几场小型的奥运会上胜出了。

马上就要开冬奥会了，从此之后，在萨拉热窝，一切都以服务冬奥会为准则。即使这个冬天没下雪，而且都已经进入了一月份，人们还是很担心，目光中都是疑问。然而其他人却觉得举办奥运会纯属多余，他们从牙缝中挤出话来：

"呵……咱们真需要这玩意儿！"

只有老天才知道，为什么罗多竟然没听说奥运会的事儿。看到他突然跟跄了一下，我母亲吓坏了：

"瞧啊，他要摔倒了……"

话音刚落，罗多脚下一滑，摔得结结实实。他在摔倒时抓住了栏杆——它将街道分成了两级阶梯。当他费了九牛二虎之力重新站起来，却没法以这个姿势支撑多久。他想找个台阶支撑一下，没想到一脚踩空了；他再次拽住栏杆，用脑袋抵着站起身来，结果又摔倒了。一看到血，我母亲紧张得咬住自己的手。父亲急匆匆跑到过道里，没穿鞋子就冲出了家门。

"我的天呐，布拉措！你不能光着脚跑到街上去啊。"

"我没光着脚，穿着袜子呢。"

我母亲跟在我父亲身后冲了出去，手里拿着他的皮鞋。

他们把盯着天空看的罗多扶了起来。

"你没死吧，罗多？"我在他旁边大叫。

他嘴里嘟哝着不知什么，那双亚得里亚海一样蓝的眼睛在看什么，也只有天晓得。

"他一定是从喀尔巴阡山那边来的，"我对父亲说，"跟所有的斯拉夫人一个样！"

"是从杜塞尔多夫来的！他去年就是从杜塞尔多夫来的。"母亲插嘴道。

"阿兹拉，别对孩子乱说！"

"我没乱说啊，他之前在杜塞尔多夫他哥哥那儿，在一个工地上干了三个星期的活儿。"

"嗯……他喝醉啦！"我做了总结，母亲点头表示同意。

他的头一放在枕头上，罗多立刻认出了我：

"呀……瞧瞧他！一个卡莱姆，真真儿的！蓝眼珠，这是天之悲伤。"

"这是什么意思？"我问道。即便我并不是太想知道答案。不过，大概连他自己也不清楚吧！

不一会儿，我就带着"蓝眼珠是天之悲伤"的感觉睡着了。第二天早上，我看到母亲正守在窗边，看着窗外越下越大的雨。

罗多在我家厨房的长沙发上睡了一夜。他一大早就醒了，然后照着住公寓的习惯忙活起来。他这么做并非出于感激，而是喜欢帮别人一把，也因此常常到了"忘我"的境界。父亲一睁眼就看到了那台被罗多拆得七零八落的收音机，零件散得到处都是。

"我什么都能想象，不过，一个人类的声音能够漂洋过海传进我的耳朵里，这可真是奇迹！"罗多感叹道。

"也许是靠上天呢？"

"上天传递信号。"

"意思是老天也知道啦？"我父亲问。

"一点儿没错！"罗多说。

他堵住厨房盥洗池的下水口，往池中放了些水，然后让水滴不断地从水龙头滴下来。

与此同时，我父亲和母亲都俯身凑到跟前，观察水滴滴落的周围，一圈圈不断扩大的波纹。

"就是这个原理，我亲爱的们！"

"可是……你看见了吗？"

"看见什么？"

"扩散的水波。"

"老天还会点儿小儿科的东西呀！"

"别再说你的老天了，信号就像一滴水，老天让它落在大海里！这就是全部的奥秘！"

通过厨房半掩着的门，可以看到录音机的几千个零件，餐桌上、橱柜上、长沙发上，还有两把扶手椅上，都铺满了！凭着魔术师般的灵巧，罗多很快就把它们重新安装好了。他按下收音机的开关，我们马上就听到了新闻："……今天，铁托同志在访问斯梅代雷沃①时再次强调，革命和日常生活是两

①　南斯拉夫东部城市。

码事！……"

"必须从厂子里再拿个新的电容器来。这得花些时间了……"罗多解释道。

"啊，好的！你能不能也看看电风扇，"我母亲说，"它总是吱嘎吱嘎地响……"

"没问题，亲爱的。如果有什么需要，你就说。"

电风扇一修好，我母亲又很快发现了别的问题。

"电视……二台不太清楚……"

罗多把电视机捣鼓了一番，很快就找出了故障：

"是地线，不算什么事儿！"

他抓起缆线——当他拿着的时候，电视画面很清楚；可等他一松开手，电视就嗡嗡作响，画面也走了样。他走到门口，脸上挂着大大的微笑又说了一遍：

"只要有需要，你们就给我打电话！"

"好的。不过，下一次，拜托正正常常地来吧！"

"替我向天之悲伤的蓝眼珠问好！"

罗多走了以后，我一晃一晃地走到厨房，像往常一样，母亲再次重申她不喜欢我走路的方式：

"别拖着脚走路，站直了！"

萨拉热窝奥林匹克运动会越来越近了。准备工作正进行得如火如茶。只不过，还是没有下雪。所有人对此都表示讶异：元旦都过了，可是雪呢……一点儿没下！

我最喜欢的日子是周一——因为这一天，我直到下午才有课。那天早上我睡了很久，家里一个人都没有。一醒过来，我点上一支父亲的黑塞哥维那香烟，又给自己弄了点儿咖啡。我在窗子前天马行空地想了好久。

风很冷，街上空无一人。我刚刚朝街上瞥了一眼，发现罗多出现在一棵白杨树下，醉得一塌糊涂——而且很可能，从头天晚上就醉了。他在风中摇摇晃晃，唱着，跳着，两只脚磕磕绊绊。我赶紧下楼去迎，还用上了游击队救伤员的技巧，还挺有效的。我迅速把他的胳膊架在我的脖子上，拖着他朝家里走。

到了家门口，他自己站直了身子，或多或少清醒了些，准备要走。

"亲爱的……我走啦……不过要是有需要……"他含糊不清地说着，瘫倒在地。

我没了力气，实在没办法把罗多拖进家里，幸好他似乎睡着了——我如释重负，因为我上学已经要迟到了。

我急切地盼望着最后一节课赶快结束，心情就像鲍勃·比蒙[①]脚踏起跑器等待着发令枪响。我回到家时，看到罗多还在

① 鲍勃·比蒙（Bob Beamon，1946— ），美国田径运动员，1968 年墨西哥城奥运会跳远项目世界冠军。——编者注

楼道里。我母亲已经回来了，不过她没能靠自己一个人的力量把他拖到屋子里。

两个人，也就轻松多了：我抓住罗多的肩，母亲抓住他的脚，罗多终于在厨房的长沙发上"成功着陆"了。

"之前我每隔五分钟就得确认一下他是否还活着！得了，我叫急诊。"

"等等，让我试试！"

我捏住罗多的鼻子，他开始发出呼噜呼噜的声音。不用再叫急诊了：他还活着！

父亲回来了，从记者招待会上回来的他，显得有点激动。

"罗多回来了吗？"

"他在那儿呢。睡觉呢。"

父亲去把罗多叫醒。然后，他阴沉着脸回到桌边吃饭，顺带叫罗多马上来。

"你们知道吗，刚刚曝出一件丑闻，"他在吃两口饭的间隙向我们宣布，"还是国际性的！"

"发生什么事情了？"母亲问道。

"你，你坐在那儿！"父亲命令罗多。

"好的，我亲爱的，发生什么事情了？"罗多重复道。

"萨拉热窝要举办冬奥会，你知道吧？"

"就连树枝上的鸟都听说了！"

"可你知道吗？萨拉热窝都没有空床位了！"

"我怎么可能知道啊，我亲爱的？"罗多回答说。

"一个男孩让人收拾了……捷克的报社记者。"

父亲说的是什么，我们一点儿都没听懂。

"罗多，你怎么知道他到处勾引女人？"

"呃，一眼就能看得出来啊，我亲爱的。我又不是瞎子！"

"那你对他做了什么？"

"'你在我家干什么呢？！'我问他，他支支吾吾地跟我说了几句外国话，我上去就给他一拳！结果我那好老婆倒朝我扑过来了。'快住手！'她对我说，'我跟你解释！''畜生！该是我向你解释吧！''误会……'那个家伙说。'误会……你听！''他是个记者！'她说。'记者……那咱们走着瞧！……'说着，我又给了那家伙一拳。他没有躲闪。他们这种人，撒谎就跟呼吸一样平常！他倒在沙发上一动也不动了……我老婆，我把她锁在浴室里了！另外那个家伙好像失去知觉了。我把他的脑袋摁到水龙头底下，他又清醒过来一点儿。我就把他送到了急诊室！即使我没送，他也没事儿，他什么都不会说，另外，也没人会再说他了。"

"你真是疯了！"

"啊？"

"你想想啊，罗多，送去急诊，他们会通知警察，告诉警察他是在哪儿被打的。警察肯定已经在追你了，我的天呐！你老婆跟他们说，她把一间卧室租给了这个外国人，她打算用赚来的房租给厨房换块油毡布呢！"

"可你啊，"我母亲微笑着插嘴道，"你把那个像初生婴儿一般无辜的家伙一顿胖揍，就因为你以为他专门勾搭女人！"

我开始觉得浑身不自在。

"阿兹拉，这可不好笑！"

"噢！怎么会啊，这太好笑了！一个为了奥运会而来的家伙，安安静静租个卧室……然后，就被——打——啦——！"

"这是一场误会！"

"所以才好笑啊！"

"要是他因为这个被关进去两年，你还觉得好笑吗？"父亲反驳道。

"不要！"我有些哽咽，"这不是他的错！要是你一回家，就看到一个家伙正在用你的牙签，你会怎么想啊？！"

我跑出门，坐在楼梯上，开始哭起来。

伴随着父亲和罗多的谈话，飘起了片片雪花——奥运会开幕式前夜，它们终于纷纷扬扬飘落向人间。萧瑟的北风没能吹弯白杨的枝条，于是它大发雷霆。晾衣绳上的滑轮吱嘎作响，让我心里很不好受。

全都是因为我放心不下罗多，唯恐他真会像父亲所说的那样，被警察抓了去，无论如何，我想我的世界会崩溃的。就在这时，军医院那边出现了一辆小蓝车，是一辆警车！我顾不上哭了，飞快地跑回家里。还是有时间把罗多藏到地下室的。

父亲用两只手支着脑袋。

"那……"母亲问道，"咱们该怎么办？"

"要是我们把他藏起来……"

"没门儿！"

"为什么呀？"

"窝藏罪犯是犯法的。"

好吧……我心想。该轮到我表演了。

"最好的办法，"我提议，"就是让他去向警察自首。趁着警察还没来！"

"照你看，我亲爱的，这么做……是不是可以减刑啊？"罗多问道。

"对！必须的！"

"天之悲伤的蓝眼珠，瞧我干了多蠢的事儿！你可千万别学我。"

老天知道怎么回事，我突然计上心来：

"我陪你到警察局去！"我一边说，一边戒备地留意着窗外，生怕警灯出现。

"哇！太棒了！我儿子的分析能力……"父亲不胜欣喜，

感叹道。

"我准备好了，你们不会怨我吧，嗯？嘿，天空的眼睛，咱们出发！"

我们下了楼梯，走到了进门处的大厅。正当罗多打算出门时，我一把扯住了他的袖子：

"别从那儿走！有警察！"

罗多一脸茫然，紧跟着我一路小跑直到地下室。我摘下扣锁，让他进去。

"你不该这么做，我亲爱的。"

我刚关上门，就听到一阵脚步声。是两个穿制服的警察和一个穿便衣的，他们按响了我家的门铃。我把家里装卷心菜的桶盖掀开，搬出几个卷心菜放到了邻居加夫里奇的桶里，因为他的桶有一半还空着。罗多跳到桶里，我把盖子盖好，离开了地下室。我不知道父亲和母亲会对警察说些什么，不过第三个警察，就是穿便衣的那个，去四周搜查了。

"真丢人啊！一个咱们这样的民族，连世界另一头的人都在赞扬我们热情好客！"

"我也是这么跟他说的！可你们想拿他怎样呢，他不是个坏人……"

"不是坏人？！要是我们把别人痛打一顿，你们怎么看待我们呢？"

　　　　　　　　　婚姻中的陌生人

"这个啊，我也跟他说过了。"

这几个警察拿着手电筒在大厅里扫了好一会，接着就下楼去地下室了。我躲在阁楼，把整个过程看得一清二楚。

我蹲坐在脚后跟上，守在阁楼门口。看到他们从地下室里上来，我长长地舒了一口气。

"我跟你们说过了，他去自首了，"我父亲解释道，"警察局的人怎么会没通知你们呢，真奇怪。"

我又在阁楼藏了半个小时，才下楼回到家里。

"还顺利吗？他去警察局自首了？"父亲问。

"我一直把他送到苏捷斯卡电影院那里。他朝我做了个手势，跟我说：'向你爸妈问好，我亲爱的！'"

"他这么了结还算聪明！"

"是啊，对，说得没错！"

这个夜晚很平静，可是父亲和母亲决定不去睡觉。而我，我还在等他们睡觉了，再下去给罗多送吃的。父亲还在看电视，而母亲正在给我织新毛衣。

"阿兹拉，我更喜欢细毛衣！"

"我可没钱买……"

她继续手头的活儿。

我用尽浑身解数想让他们快点儿走，这样才能让罗多吃上饭。可惜都是白费力气。

罗多肯定生气了，我心想。于是我大声提议：

"酸醋汁卷心菜……哎，我真想来点儿。"

"都这个时辰了，我才不会去地下室，我的小宝贝！"

"你不用管了，"父亲说着站起身来，"我去。"

"别……不用啦。我好像有点胃疼……"

"那就别吃卷心菜了，也别吃维生素 C 了。量量体温，你快去床上躺着吧。"

我立刻爬上床，钻到鸭绒被底下，迫不及待地等着父母去睡觉。可在此之前我先睡着了。

早上五点钟我就醒了，心想罗多肯定饿死了。母亲睁开眼，看起来有些担心。

"你去哪儿？"

"去厕所。我肚子疼。"

我跑到厨房，像电影里的快进镜头一样，从冰箱里摸到什么就往外拿。然后我偷偷溜出去，三步并作两步跑下楼梯，看看家里没什么动静，赶紧打开地下室的扣锁。我用手电筒照着，慢慢走到卷心菜桶旁边。我把手电筒放在通风窗的窗台上，然后掀开盖子。

"罗多，是我。你听见了吗？"

没有回答。我顿时慌了神儿。我把里头的卷心菜一个接一个往外搬，不过很快我就明白过来，罗多已经逃走了。藏人的主意原本让我沾沾自喜，可没想到计划最终还是破产了。

"阿列克萨，你在哪儿啊？"

"在这儿呢。"

"你干什么去了？"

"没干什么。我想透透气来着，我肚子疼。"那个夜晚，不仅仅是一个笼罩大地的黑暗之夜，更是我初次违法乱纪之夜。我本想跨过红线，却没能成功。我只好重新回到床上。

一个再平常不过的早晨。我父亲叫我起床，我求他再让我多睡五分钟。我闭上眼睛。收音机里正在播放新闻：

"……昨天晚上，就在萨拉热窝举办奥林匹克运动会开幕式的前夜，有人以非正式的方式为滑雪道举行了开幕式典礼。两位成年男子，家住萨拉热窝戈里察街区的米连·罗多·卡莱姆，以及滑雪道守卫、帕莱①本地人德扬·米特洛维奇无端指责，雪橇在滑雪道上下滑的速度太慢。于是两人决定打赌：只要有一瓶拉吉拉，罗多就脚踩塑料袋顺着滑雪道冲下去。赌注一下，两人……说干就干。"

一群赌徒发现罗多时，他的皮肤都烧焦了，他们把半死不活的他送进了医院。打这之后，不论是父亲还是萨拉热窝警察

---

① 坐落于萨拉热窝东南的市镇。

局，都不再操心这位技术员——南斯拉夫业余无线电爱好者比赛冠军罗多曾经制造的那个丑闻了。

当我们到市医院去探望罗多的时候，他浑身上下都缠着绷带，一动不动。他看着我们，费力地问我：

"我庆爱的，你们有什么洗要吗？"①

---

① 在原文中，罗多因为受伤说话吐字不清。

肚脐，灵魂之门

我收到一本布兰科·乔皮奇写的《驴子的岁月》，是从贝尔格莱德寄来的。一封信从包裹里掉出来，上面盖着萨拉热窝中央邮局的印戳，还写着地址：阿夫多·亚布奇卡路22号，阿列克萨·卡莱姆收。这是我以自己的名义收到的第一个包裹。在明信片的背面，国际劳动关系研究所所长安娜·卡莱姆写道：致我亲爱的阿列克萨。十周岁生日快乐！姑妈安娜。

这个礼物并不让我开心。我一大早就忧心忡忡地去了学校。大课间的下课铃声响了，我第一个跑去"大人们的"厕所——之所以这么说，是因为大家在那里吸烟。学校里都抽 LD 过滤嘴卷烟，因为可以单支购买。只要一支就够3C班十个学生抽了。

"不是这样！"科罗指责茨尔尼，"你得长长地往里吸一口，让烟气一直到达脚指头。"

他好像在解释该怎么吸烟，可实际上，他是想趁此机会在轮到自己之前多吸几口。

"我有个该死的问题……"我突然袒露心声，"我该怎么办呢？"

"这得看情况……是关于什么的？"

"他们想强迫我看书，我宁愿去少管所。"

"我有个法子。"

我差点呛到自己；这可是黑塞哥维那烟啊！即使是大课间，我们也没办法一直抽下去。

"法子？什么法子？"

"从现在起直到今年年底，我哥哥得读完巴尔扎克的《红与黑》。"

"是司汤达的。巴尔扎克写的是《高老头》！"

"可是你让我帮忙的，你怎么这么烦人！"

"我敢打包票啊……"

"知道谁写的什么，这很重要吗？好啦，你好好听着……在学校里，他们对我哥哥说，要是他不看那本该死的书，就让他重读七年级。我妈妈让他乖乖坐在椅子上，威胁他说：'我会一直监督你，直到你读完这本书！就算你看得想吐了，我也会一直盯着你，但那个该死的家伙，你也必须要读完他的书！'"

"哪个家伙？"

"嗯……巴尔扎克，记住了吧！听完这些话，米拉莱姆就开始唉声叹气：'可是妈妈，为什么你要这么对我啊？'

我妈妈立刻把他的话顶了回去：'你还敢问我？！你那可怜的爸爸当了一辈子搬运工。可是你呢，你绝对不能和他一样！要不然，还有什么希望啊！'然后，她就把米拉莱姆捆上了。本来就该如此！"

"接着说啊，用什么捆的？"

"熨斗的电线。然后她打发我去图书馆找那本书。我正准备出门的时候，米拉莱姆给我使了个眼色，又往我手里塞了个纸条：'你去肉店老板拉希姆那里。让他给我切一百五十片薄薄的牛肉干。'我去了图书馆，然后去了肉店；拉希姆把肉切成了可以嚼的小薄片，每两页之间夹一片。晚上，我妈妈坐在米拉莱姆对面的长沙发上，她准备了满满一壶咖啡，目不转睛地盯着我哥哥。而我哥哥呢，他表面上在看书，实际上是在贪婪地盯着牛肉干，等他想吃的时候，就假装为了翻页把书快速地往后翻，然后趁机把一片肉吞进嘴里。这一百五十片牛肉干让他翻了三百页书。我妈妈还以为他把书都看完了！"

就因为《驴子的岁月》，我们家有点一反常态。我父母不去操心重要的事，反而开始关注我有没有读过哪些世界文学名著，并列了一份清单。

"告诉我，妈妈，如果不读书，人会死吗？"

这是我向母亲提出的第一个非常严肃的问题。她露出谜一般的微笑，并让我坐在一把椅子上；我突然想到，她可能和科

　　　　　　　　　　　婚姻中的陌生人

罗的妈妈串通好了，而且也学了人家捆绑的招儿。

如果情况真是这样……我可绝对没办法模仿米拉莱姆……我特别讨厌牛肉干！只要一想到油腻腻的东西，我的胃里就开始翻江倒海。可我母亲使用的是战略：

"你看这书多灵巧啊，"她边说边用手抚摸着几本精装书的封皮，"只要读一本，你就能学到一个新词。这个规律，你应该听说过吧？"

丰富我的词汇量，对此我无动于衷。她向我展示卡尔·麦^①的《亡命小道》、佩罗·科伍尔茨卡的《社会》、马托·罗夫拉克^②的《雪中列车》。所有这些鼓励我读书的行为都让我心烦意乱。我没办法平息下来。布兰科·乔皮奇是姑妈的一位老相识，这让我很不满意。

"为什么她认识的不是阿西莫·费尔哈托维奇^③呢？他兴许可以让我免费去看萨拉热窝 FK 的比赛呢！"

"你姑妈是一位革命者，阿列克萨！你可不能说这样的话！千万不能显得你很肤浅！"

"什么？你竟然觉得哈斯^④肤浅！"

---

① 卡尔·麦（Karl May, 1842—1912），德国著名探险小说家，也是被最广泛阅读的德文作家之一。——编者注

② 马托·罗夫拉克（Mato Lovrak, 1899—1974），克罗地亚儿童文学作家。

③ 波斯尼亚足球运动员。

④ 阿西莫·费尔哈托维奇的绰号。

我胡搅蛮缠起来。这可是曾经单枪匹马靠 3 比 1 的成绩战胜了迪纳摩萨格勒布 ① 的足球运动员啊！要是有人侮辱他，我会发怒的。

　　"我可没针对你的费尔哈托维奇，我的儿子，但你的祖父和外公都是公务员，你可不能跟书本作对呀！"

　　"得了吧，我也没被强迫去踢足球呢！那部电影，你们才不会去看呢！"

　　仿佛林火被风吹得越来越旺，我的怒气也越来越盛。就在这时，我母亲拿起了熨斗。

　　"啊，不！"我叫嚷着，"你总不至于用电线捆我吧？！"

　　"谁说要捆你了？"我母亲关切地询问，"你是失去理智了吗？"

　　心理上的压力没有产生任何作用，除了体育赛事报告，我根本就不想看别的。为了表示抗议，我甚至关注起了《新闻晚报》中第二、第三、甚至第四版面的内容。床头柜上堆着我第一批该看的书。我父亲现在相信：我是成不了知识分子的。

　　"如果他非要这么固执，咱们也没办法。让他玩吧，毕竟他还有一辈子的时间呢。也许有一天，他自己就开窍了！"

　　我在睡梦中迷迷糊糊听到这话。母亲刚帮我把盖在身上的

---

　　① 克罗地亚的一支职业足球队。

羊绒被塞好，我就陷入了可怕的梦魇里：一个偌大的盥洗池出现在我面前，就像巴什察尔希亚^①的土耳其浴池那么大！里面还有一块洗碗布。远远地，我看见一个陌生人走过来；需要疏通盥洗池。水从龙头里不停往外流，都已经溢出来了，开始灌满我的脑袋。我醒着，意识非常清醒，但双手却怎么也动不了。最后，大半夜里我尖叫着醒来，浑身上下都被汗水湿透了——邻居兹维狄克会这么说的。

"怎么了，我的小心肝？"母亲问我，"你的心脏怎么跳得这么厉害？"

我该怎么跟她说，父亲的话对我造成了多么严重的伤害！

"求你了，告诉布拉措别再烦我了！"我呜咽着。母亲把我紧紧抱在怀里安慰着我。

"可是，阿列克萨，他只是希望你好啊！"

突然，我明白了"通往地狱的路，往往由善意铺成"的含义。但愿布拉措不会有那么多善意。

"你看见了吗？"

她用手指指着我的肚脐。

"嗯。然后呢？"

"这是你的灵魂之门。"

---

① 萨拉热窝的老市场及历史文化中心。——编者注

"肚脐……灵魂之门？你别说笑了！"

"我在跟你说正经的。而书籍正是灵魂的食粮。"

"那我不需要灵魂。"

"人活着，就不能没有灵魂。"

"那……灵魂……能吃吗？"

"不能。但是为了不让它枯萎，就要读书。"

她在我身上抓痒痒，我挤出一丝微笑；可这并不意味着我就轻易相信了她那关于灵魂的说辞。

"我还不是个男人呢。"

"怎么？"

"只有长大了，才会成为男人啊！"

我根本不想对母亲发脾气，可能是因为我确信自己做得没错。可她对我说的那些大话让我心烦意乱。

阿兹拉一直在摸索如何才能把我引向我的第一本书，终于，她想起我是南斯拉夫童子军团的成员。于是，一天晚上，她把斯特万·布拉伊奇[①]的《水獭湖童子军》带到了我的房间。

"喏，读读这个。你一定不会后悔的，我的儿子！"

"阿兹拉，我求你了。现在就惩罚我吧。你还不如让我跪在大米粒儿上呢！你和我，咱们两个不要再互相折磨了！"

---

① 斯特万·布拉伊奇（Stevan Bulajić，1926—1997），黑山共和国著名作家。——编者注

"为什么要惩罚你啊？你又没做坏事！"

"因为你们的文学啊，真是酷刑！只要看到第三页，我两眼就开始乱瞟了，对我来说一点用都没有！我宁肯跪大米粒儿，也不要看你们的那些书！"

童子军的招数宣布告吹，我母亲决定选择更加通俗的文学：知道比起西部牛仔我更喜欢印第安人，她用自己的年终奖买了卡尔·麦的全套图书。亲爱的印第安人并不比之前的主人公们成功多少。每次都一样，看到第三页我的眼睛就开始乱瞟，到第四页目光呆滞，到第五页的时候大脑都僵住了。

等到最后一丝耐心都被耗尽，我父亲泰然自若地悟出一个道理：从此以后，不用指望卡莱姆家再出知识分子了。

"儿子，你要是继续这样下去，你最后就会像苏联的小说主人公奥勃洛莫夫① 一样：等到退休的时候才读你的第一本书！"父亲喝着他的咖啡下定结论，萨拉热窝电台上正在播放每日流行歌曲。

我正准备去上学。在上班之前，他对我下了定论：

"得了……就这样了，不可能有其他可能了！"

"这个奥勃洛莫夫，是谁啊？"我问我母亲，"那个人就不能不用他那些苏联革命者来烦我吗？我跟这些冒险家没有一

---

① 奥勃洛莫夫，俄国著名批判现实主义作家冈察洛夫的小说《奥勃洛莫夫》的主人公。——编者注

点瓜葛！"

"好吧，不是'那个人'，是你爸爸。奥勃洛莫夫……我不知道他！"

"阿兹拉，你们的文学，我一点儿都不感兴趣。你站到戈里察的高处看看，那才是文学！每一天，它就发生在我眼前。在那儿，茨冈人每天都在创造真正的小说、真正的故事——最后，就成了你们所谓的历史。"

"读书就是为了比较自己与他人的生活，说到底，是为了长大！"

"如果我不想长大呢？"

"那不可能。"

"既然我能够在真实的生活中阅读，为什么还要看用文字写的书呢？你告诉我啊！"

"人的大脑需要训练，因为它就是一小块肌肉，你知道吧。"

"如果真是这样的话，我有更好的办法。"

"比阅读还好？你说说看，我听着……"

"在沟槽里滚小球，锻炼这一小块肌肉啊！"

"胡说八道！"

"啊呀，现在是夏天，夏天还读书，你们怎么想出来的？"

"我的小儿子呀，我觉得你是在嘲笑我们，而且你偷着读书了。"

"怎么？"

"看你自我表达的方式。你至少已经读过三本书了！"

为了去度假，我们得从诺尔马勒那车站坐车到马卡尔斯卡。一上大客车，阿兹拉就先给我贴了片晕车贴，然后她自己也吃了一片晕车药。等到了哈继奇，我就已经开始吐得死去活来。车走到科尼茨，悲剧发生了：司机拒绝停车。

"得了吧！除非遇到什么严重的突发事故，否则我是不能停车的！我得走固定的路线！"

"你就不害臊吗！这孩子都快把肠子吐出来了，而你呢，你还跟我说什么路线！路线对他又算什么呢？"

"就是要沿着线路走，蠢女人！"有人像熊一般吼了一句。

"真是倔驴子脑袋！要是我停车了，他们会扣我工资的！那我的孩子呢，难道你来养他们吗？"

"你要是不停车，我就勒死你！去你他妈的路线！"

我母亲站在司机背后，两只手紧紧攥着的，是用来勒死他的毛巾。

司机见状，立刻把车停在路边。我一个箭步冲到车外，精疲力竭，大吐特吐。我弓着背，就像一棵被风吹弯了腰的白杨树。我看到车上的乘客们压得车身向一侧倾斜，他们都在看我。头顶上，是一轮大得出奇的圆月。

"吐得胆汁都出来了啊，同志。"

"你确定没什么更严重的了吗？"一位老妇人关切地问道。

"没事，"我母亲说，"这孩子一坐车就不舒服。"

过了梅特科维奇，困意向我袭来。就好像之前我没有吐过一样。睡觉可以让我很快得到休息，但与此同时，一个主意突然从我脑子里冒了出来：在我与阅读的战斗中，疲劳可以在合适的时机到来。收拾行李的时候，阿兹拉偷偷往其中一个包里塞了本《大卫·克洛科特①传》，还是插图本。在车上的时候，她就已经拿出书来随手翻看，还时不时把书合上，为的是展示书的封皮——她希望能够用封皮上的金发小孩来吸引我的注意，他头戴一顶动物皮毛做的无边圆帽，帽子后面还有一条尾巴垂下来，搭在他的肩上，就像克拉斯巧克力的包装纸上印着的几个扎发辫的姑娘，辫子垂到她们的胸口。

天亮时，大巴在一股腐烂水果的气味中停靠在了马卡尔斯卡，因为长途汽车站紧邻着市场。摆满了梅特科维奇特色商品的货摊上，坐着一个结实的大个子，嘴里唱着"和斯普利特比起来，伦敦又有什么好，噢，时髦的女人"。

"周末过得好吧？"他问一个正在码放辣椒的男人。

"周末？糟糕透了！打雷下雨，都快赶上迪纳摩了！"

---

① 大卫·克洛科特（Davy Crockett，1786—1836），美国政治家和战斗英雄，因参加得克萨斯独立运动中的阿拉莫战役而牺牲。——编者注

在一幢散发着霉味的双层别墅的院子里，一个鸡蛋头、浓眉、红脸的家伙正拿着钥匙等我们，他是这里的房主。只见他脸上的毛细血管都充了血。

"老天保佑！别让我们撞见酒鬼、闻到烈酒了！"我母亲低声说道。

"不是烈酒，阿兹拉！他喝的是葡萄酒。"我说。

"都一样，还不都是酒精嘛！"

我能够分辨两者，还要归功于父母的卧室——父亲头一天晚上喝了不同的酒，墙壁就会散发不同的味道。

"那个家伙是从哪儿冒出来的啊？！我们才刚到，他不说拿无花果招待小孩子，反倒问我为什么没给他寄钱！更可气的是，他竟然还说'早知道这样的话，就没有必要来了！'"

房间里出现了新的不快。阿兹拉毫不客气地指责起来：

"这是浴巾吗？啊？还不如一块洗碗布！"

说罢，她把那几条毛巾丢到地上，从一个包里拿出我们自己的毛巾、被单和毯子，用我们从萨拉热窝带过来的床单重新铺好床：

"好啦！现在，假期可以开始啦……"

"就好像她要举办奥运会开幕式似的。"被睡意征服前，我心里这样想。

如果说房间里弥漫着的腐烂气味和从地下室里冒出来的酒

酸味，让这栋房子更加一无是处，它至少能让我逃离世界文学。这房子离海滩两公里远，长途跋涉带来的疲惫也十分有帮助。

然而，母亲并没有放弃强迫我读书。她不停地拿着那本《大卫·克洛科特传》在我眼前晃动。就在她读书的时候，我看见她强作笑颜。我才不上钩呢。在回来的路上，刚走到半路，我就决定给阅读再加一记猛拳：

"阿兹拉，你背着我。我站不住了……"

让一位母亲背着一个九岁大的儿子，而且还跟她差不多高，好吧，这是不太正常，不过我们离住的地方已经不太远了；那天晚上，我的计划奏效了！我得为第二天再想一个新计划。

几个年纪与我相仿的男孩子正在港口打水球——他们是当地水球俱乐部的。

"我妈妈也想让我锻炼，"我对他们说道，"可是在萨拉热窝根本没有条件，要是换作你，你怎么办呢？！"

实际上，我套用了父亲提出要求的方式，只不过把他的话转化成了我自己的语言。因为在他空闲的时候，他会花百分之九十的时间谈政治，巴尔干人对公共设施没有任何概念，他对此尤为关注。当然，他还打出了王牌：那就是我们城里没有游泳池的事实。尽管有时候也会听说，帕夫莱·卢卡茨和米尔科·彼得尼奇在班巴萨练习水球……

我成功地说服了我母亲，她决定去马卡尔斯卡的俱乐部见见教练。

"为什么不呢？"教练一边测量我的身高一边说道，"他要是长大了，肯定有韦力·约热那么高！"

"也就是说你在身高和体型方面，是个典型的第纳尔人啦！"母亲自豪地对我宣布。从我小时候开始，她就给我喂各种水果、蔬菜以及恶臭无比的鱼肝油。

游泳和传球都不简单，更不用提射中球门了。在水下——我的脑袋大部分时间都泡在那里，我回想起莫拉登·德里塞[①]毫不吝惜地鼓励我们这些新手的话："我们的后继者们以5比1的成绩战胜了匈牙利队！祝贺杨科维奇！感谢他的父亲，感谢他的母亲！"

晚上，我勉强有力气啃完一大块面包，精疲力竭瘫在沙发上，只得靠母亲帮我脱衣服、抱我上床睡觉了。直到我们在马卡尔斯卡的最后一天，谁都没有再提起读书的事儿。

最后那天，等到太阳都藏起来的时候，我还是没法把视线从大海移开。我连游泳的事都无暇顾及，一想到接下来整整一年的时间里再也看不到浮现在水中的巨大的圆形礁石，我就觉得悲伤。我注视着涟漪碰触到海滩上的卵石溅起水花朵朵，我试着想象空无一人的海滩。当滂沱大雨倾泻而下时，我不在那

---

①　克罗地亚评论员。

里；当狂风卷携断枝残叶时，我也看不到；当一团团荆棘在海滩上翻滚时，我也无法追逐它们——所有这一切让我忧伤不已。尤其是，我再也看不到这里光芒四射的太阳了！

正是这种痛苦，引起了肚脐下的阵阵剧痛，所以俄语里把肚子叫作 život^①，这是父亲有一天告诉我的。

我弯下腰，喝了一口海水，来强化关于这个假期的回忆。

小道格拉斯从斯普利特机场起飞，我两只耳朵里生疼。当压力转移到了眼睛上时，我真担心它们从眼眶里迸出来。

"要是没有眼睛，我就再也不用被迫读书了！"我小声嘟囔着，生怕被阿兹拉听见。

这种可能性并未使我感到不快。当我们在苏尔钦^②降落时，我的耳朵里突然一阵噼啪作响。天知道是为什么，但这是件好事。这也许又会成为一个对抗读书的好方法。

当我们到了贝尔格莱德的姑妈家时，我嘴中还有咸咸的味道。她的公寓离圣马尔科教堂很近，大门非常好辨认，因为那儿有一家叫作杜沙诺夫·格兰德的餐厅，他家的菜品远近闻名。姑妈住在特雷兹吉广场6号。我一口气冲到二楼，难以抑制内心的兴奋。可当母亲按响门铃，一阵温柔的惶恐占据了我；每当见到与我非常亲的人，我就会产生这种感觉。姑妈打开门，

---

① 在塞尔维亚-克罗地亚语中，这个词的含义是"生活"。
② 贝尔格莱德管辖下的城镇。

把我紧紧拥入怀中，非常幸福。很快，那个自命不凡的小家伙就在我身上苏醒过来了：

"贝尔格莱德的大街上一个人影也没有，可真神气！"

"八月是这个城市最美的时候。"

"那些愁眉苦脸的贝尔格莱德人都到哪儿去了啊？"

"他们要么正在海里游泳，要么正在侍弄父母的花园。快跟我说说，你读完《驴子的岁月》了吗？"

我羞愧万分，急忙垂下眼帘。客厅里，肖邦、贝多芬、勇敢的战士帅克、莫扎特，都凝视着我。姑妈由于工作原因经常去往世界各地，所以她时常带一些大人物的半身像回来。

"你为什么耷拉着脑袋呀？坦率点儿！你读没读过啊？"

"没有，姑妈。"我坦白地说道，眼睛里蒙上了一层水汽。接着我又补充道："你见过有谁在夏天看书的吗？"

她笑了。

"冷静点儿，阿列克萨。现在不是夏天了，早已经秋天啦。"

说罢，她径直走向书房，拿了一本书回来。

"喏。这本书，完全不用集中精力。"

她递给我埃米尔·库埃[①]的《自我暗示》，把书翻开，只见那页上写着："每天看一眼，进步一点点。"

---

① 法国心理学家。

我大声朗读完这个句子，忍不住哈哈大笑起来。

"这不是真的吧！"

"所有的问题都在这儿。你喜欢这本书吗？"姑妈问道。

"可实际上，这是不可能的，对吧？"

"不可能……什么不可能？"

"呃，就是这个……每天看一点就能进步。"我冷笑着反驳道。

"那，你把这个句子给我重复一百遍。就算你觉得这不是真的，你最终也会相信的……"

于是那个下午，我母亲打电话给在萨拉热窝的我父亲。

"咱们儿子一直在重复'每天看一眼，进步一点点'。而且，两只眼睛就没离开过手里那张白纸。他硬说自己是在集中精神！"

《驴子的岁月》成了我读的第一本书。通过这本书可以发现每个人都有一个灵魂，我相信我也有一个。当我盯着空白点看时，书中的主人公，跟他的祖父一起来到了火车站，没有敲，就打开了我的灵魂之门。当他的祖父送他去寄宿学校时，小布兰科·乔皮奇穿过了这扇打开的门。这是他第一次见到火车，他还以为是一条蛇呢。这里便成了起点，当布兰科·乔皮奇笔下的所有主人公从这扇门鱼贯而入，就像为庆祝铁托诞辰的阅兵式上接受检阅的士兵。我突然明白了，我那关于夏天读书不合逻辑的理论是完全合理的。

我怎能忘记这个秋天和布兰科·乔皮奇带给我的欢乐？我又怎能忘记我父亲摆好姿势，与我们的大作家合影？照片是在欧罗巴酒店拍的，而那里正是我的父亲布拉措与布兰科·乔皮奇相识的地方。

布拉措听说他的儿子读完了第一本书，便招呼摄影师米奇·都拉斯克维奇前来酒店。母亲给我穿上节日盛装，搭有轨电车陪我赶到酒店。冰激凌很美味，正当我舔着第三个球时，父亲和布兰科·乔皮奇一起走进了会客大厅。后者的样子与我之前想象的大相径庭。我原以为我会看到威严的巴亚·巴亚奇特，而不是小小的比贝尔契。他向我伸出手，照相机的闪光灯把母亲和我吓了一跳。

"告诉布兰科先生你叫什么。"阿兹拉一边提示我，一边拽着我的胳膊伸向布兰科·乔皮奇。

我永远也忘不了他那只手的力度。

"阿……阿列克萨……阿列克萨……卡莱姆，我有点结巴。"

"跟他说说你觉得《驴子的岁月》怎么样。"母亲继续在我耳边私语。

"有什么用，他比我更清楚！"

就在这时，我想起父亲讲过的，肚脐下面的阵阵疼痛，以及俄语里把肚子叫作 žívot 的事实。我抓着母亲的手，问题脱口而出：

"布兰科先生，为什么俄语里把肚子叫作 žívot？"

"因为在肚脐后面，是灵魂；而如果没有灵魂，就不叫生活。"

他把手指伸向我的肚脐，还挠我痒痒。我笑了。

"要当心……"他嘴里嘟哝着。

"我知道：不能让灵魂枯萎了！"

"噢，不！是不能让任何人吞了它！"

每次我离开萨拉热窝去国外，都要在贝尔格莱德中转。这是联系我与世界的纽带。我总是乐意在这里停留，在安娜姑妈家过夜。要想从机场到市中心去，就必须取道布兰科桥。每次从那里经过，我都会瞧见布兰科先生。我向他致敬，他也会回敬我。

第二次世界大战后，布兰科·乔皮奇从波斯尼亚的戈脉契山[①]里来，到贝尔格莱德寻找他的叔叔。他没有找到人，他睡在了亚历山大·卡拉乔尔杰维奇桥上。多年以后，灵魂已被南斯拉夫的悲剧吞噬，他不得不尽快处理自己的事情。他为

---

① 位于波黑西北部。

自己的主人公们感到担忧：尼科莱蒂纳·布尔萨奇、巴亚·巴亚奇特、叶祖哈克·耶泽奇、杜莱·达比奇。

假如一切都覆灭了，他们将何去何从呢？他扪心自问，却不能回答。

一天，布兰科·乔皮奇重新回到了他曾经在贝尔格莱德睡了一夜的地方。没有一个人向他致意。一个女人停下来，一脸困惑地盯着他走到桥的另一端，微微抬起胳膊向他致意。现在轮到布兰科停下了脚步，在跨过桥栏前，他瞥见了这个女人，也看到了她的手势，知道她想向他致意。他转身朝向她，回应了她，然后匆匆跃入萨瓦河。

在蛇的怀抱里

1

科斯塔，永远的少年。

在驴背上伸展着四肢，他巧妙地在鞍子上保持着平衡。"就连睡觉的时候，微笑也不会从他的脸上消失。"这话是他在兵营的室友说的。确定他的年龄可绝非易事。他既不年轻，也不老，高个子，笔挺的鼻梁，一双蓝色的大眼睛。作为点缀，他的厚嘴唇上还经常浮起一抹迷死人的微笑。

驴子嗒嗒地碎步小跑着。科斯塔两眼望着天空，嘴里哼着流行小曲儿，橄榄帽底下，他的脑袋在鞍子上摇摇晃晃。他盯着，一边是一轮巨大的月亮正在升起，另一边是一轮巨大的太阳正在下沉。突然驴子停住不动了；科斯塔跌落在地，他勉勉强强走回土路上。在他脚边，有一条毒蛇……色彩鲜艳，咄咄逼人，吐着芯子。驴子也不低头，只是竖起两只耳朵，好像读懂了科斯塔的想法：他晓得应该一动不动地等那条蛇自己溜到碎石堆里去。蛇还待在那里，于是科斯塔从鞍子上取下步枪，子弹上膛，瞄准。他轻轻按压扳机，可突然，他停下了手上的动作。

"永远不要伤害蛇！"他的祖父过去曾对他说过。

"永远不要……可为什么呢？"小科斯塔一脸吃惊。

"的确，是蛇唆使我们触犯了原罪，可当人类不得不离开伊甸园时，它们是跟我们一起走的！"

"那么，我就得任由蛇咬，然后忍着巨大的痛苦被毒液带走生命吗？"

"如果你不惹它们，又怎么会被咬呢？"

所以这次又是。一直用枪瞄准那条毒蛇的科斯塔看着它沿路疾行，消失在一丛灌木后。

他牵着驴，走进村子。这个村子他每天都来，为了给乌耶维奇兵营取奶。呈现在他眼前的是一副黑塞哥维那典型的景象：一头奶牛，一棵树，一个女人，一条狗，一幢紧紧挨着牛棚的房子。通常，为他取奶的是一个凶悍的老妇人。可今天，科斯塔面前的是一个结实的黑塞哥维那女人，用一双母鹿般天真无邪的眼睛看着他。女人停下了手头挤奶的活儿。

科斯塔从驴子的背上拿下一摞饭盒，然后走进牛棚。

"穆拉达？你有主了吗？"

"都是陈年旧事了……到现在就只剩回忆，再没别的了！"

"我是不是以前见过您啊？"惊讶于她的美貌，科斯塔开口发问。

"噢！他们把我管得很严！"

"管什么呢？"

"什么都管。防情郎，防小偷，防男人！他们就等这个机会呢！"

"那他们……保护好你了吗？"

"甚至连命都保护了！"

院子另一头，是老大妈，她身材也很结实，一脸暴躁，正把干草垛运回牛棚。看到穆拉达献给科斯塔一个甜甜的微笑，她马上插言道：

"你傻呵呵地看什么呢？！"

"我没有傻呵呵地看呀，大娘。"年轻女人回答。

"别让我再重复第二次，哼！"

"从军营到这儿，"科斯塔解释道，"路很远。我腰都要断了，骑不上这头驴啦，所以我伸个懒腰，左转转，右转转，您想想……"

"你想说的是你屁股疼吗？"

"是啊。也疼……"

"有个方子。我给你采些车前草。"

"那我就坐在那上面！"

科斯塔笑了，心想这个玩笑肯定是出于好心。

"扎加·博热维奇。你听说过吧？"

"没有。"

"别装傻了！你不知道我儿子？"

"我听说有个博热维奇，为了赚钱在伊拉克打仗。"

"就是他！不过他不在伊拉克。他们把他派到阿富汗去了。"

"那当然！谁没听说过他啊？"

"那你就别想打他未婚妻的主意……别拿自己的性命开玩笑！"

"可我……我就只是碰巧撞见她而已啊。"

科斯塔把牛奶挂在驴子身上。他还是含情脉脉地看了看穆拉达，对她微微一笑。然后他转过身去，带着那一摞饭盒，沿着谷地离开了。

他倒骑在驴背上，两眼望着村庄，心里想着穆拉达，视线渐渐变得模糊起来。天空中，两只翱翔的隼表演着各种绝技。是爱情，他心想，让它们情不自禁。这景象让他心醉神迷，他多么希望自己也能够自由自在地在天空翱翔。霎时间，他看见自己像鸟儿一样飞了起来。在他身边，穆拉达也振翅高飞。就在这时，驴子突然停下脚步，钉在原地一动不动。他刚发现一条蛇从一块岩石背后蜿蜒而行，还有一条更粗的也挤了出来。科斯塔拉住驴子的缰绳，毫不畏惧，而是满怀敬意地看着它们。

他慢慢地把手伸到一个饭盒里，从里面捧出一点儿牛奶洒在地上。他环顾一下四周，带着孩童般的好奇心，又洒了点儿奶出来。两条蛇没有任何反应。科斯塔小心翼翼地从鞍子上下来，远远地绕过它们，继续朝乌耶维奇走。驴子和他越走越远，走到了一个山坡，下坡的路通往兵营。两条蛇仍然一动不动。

科斯塔隐匿在一丛金丝桃后面，拿出望远镜，想从远处看看那两条蛇。真是令人惊奇！它们正在喝洒在土路上的牛奶——科斯塔脸上那温厚的笑容又灿烂了许多，本就容易获得的快乐也增添了几分。

沉浸在与蛇的美妙相遇中时，他走进了乌耶维奇村。他看见在平原底部的周围挖开的壕沟里，士兵们正和农民们一起，保家卫国、抵御敌人。敌人盘踞在俯瞰村子的一片片丘陵之上，到处都是。一路上，科斯塔急急躲避着狙击手们的一路射击。他像以往一样跳跃、屈膝、弯腰，再重新挺直身子，有时候他甚至感觉自己在跳舞——他脸上的笑容愈发灿烂了，因为他深信，微笑能助他躲避枪林弹雨，亦能让他死里逃生。他终于把驴子牵回了马厩，不一会儿又把饭盒送进厨房——奔跑时饭盒里的牛奶洒了些。厨子躲在桌子那儿，等着密集的射击停下来。

"子弹都不理你……你真是上帝的宠儿，不是吗？"

"在我们村子里，人们常说：上帝可不是独眼猫。他清楚自己做的是什么……啊！我见过那个女人！"

"在哪儿？"

"就在我买牛奶的那个村子。"

"我认识她。她是扎加的未婚妻。长得再漂亮又有什么用？还不是只能等得自己人老珠黄嘛！"

"也许她不再等他了呢。"

"你可别冒这个险！那个扎加，他就像蛇一样危险！"

见厨子如此害怕，科斯塔极力想安抚他的情绪。

"'你们要像蛇一样机灵，像白鸽一样纯洁。'这可是东正教神父说的，他不仅管村子里的教士，也管厨师的。"

"让该死的福音书见鬼去吧！"一个长着鸭蛋脑袋、负责削削拣拣的杂务兵说道，"你真该到广场上去看看孩子们在干什么！"

"在干什么？"

"他们正在教蛇吸烟！"

"蛇也吸烟？"

这三个人出了厨房，取道村子没有暴露在火力之下的那边，很快，他们走到了一条小路的拐角，从那儿正好能看见村子的小广场。男孩子们、女孩子们无所事事，整个白天都是如此，由于战争，他们没有学上了。一个金发小男孩倚着大树，从上衣口袋里掏出一条毒蛇，攥着它的脖颈。他拿下自己嘴上叼着的点燃的香烟，继而插进蛇的嘴里。这场面赚足了女孩们的崇拜，她们心中既害怕，又掺杂着一丝快感，金发男孩做了什么，她们一个动作都不放过。当她们看到另一条蛇，因为吸了许多烟，全身都发胀了，可它又呼不出去，最后像爆竹一样炸开了花，所有人都惊得缩起了脖子。

"他们为什么要那么做？"

"都是孩子嘛，玩儿呗。不然你还想让他们干什么？"

"可他们为什么要仇恨蛇啊？"性情淳朴的助厨问道。

"要说上帝把我们赶出了伊甸园，还不都是蛇害的！"

"可它们也不在那儿待了啊！"科斯塔重述祖父说过的话。

"千真万确！它是陪着我们走的！"

"要是孩子们再这么折磨蛇，我们就更与它们纠缠不清了！"

深受天堂、地狱以及自己最终命运问题困扰的科斯塔回到家中。

我是不是真有那么幸运能去天堂呢？他心里琢磨着。就在这时，狙击手射出的一枚子弹擦着他的脑袋呼啸而过。

他刚从打算走的那条路的路口探出头来，一颗子弹擦着他的头皮飞过，刮掉了他的一只耳朵！他顺势倒在地上，手脚并用，倒回去捡耳朵。他爬回家里。火早已熄灭了，房间沉浸在一片黑暗之中；他拿出一条干净毛巾，包住残留下来的耳朵。

夜里，他凝视着窗外，炮弹发出刺目的光。在他眼前，时不时浮现出那身材结实的美人，她正给乳牛挤奶，他觉得自己很幸福。他眨眨眼睛，她盯着他，她的微笑温暖着他的心，驱赶着他的恐惧，如同卷起一团团尘土的风一般与他嬉戏。每当一颗炮弹把房间照亮的时候，这个绝美的女人就以一个新的姿态出现在他面前。他攥着掉了的耳朵，想着这些画面帮他减轻了痛苦。

天刚亮，趁着休战，趁着路上没有狙击手，科斯塔从家里出发了。他骑着驴子走上石块遍布的斜坡，手里还拿着用毛巾包起来的他的耳朵。等到了大路上，他从驴背上下来，一边往前走一边往地上看，希望能够再见到那条蛇。在到达通往邻村，也是他的目的地的山坡前，他停下了脚步，躲到一块大石头后面，还往身后瞥了一眼。他弯下身子，仔细观察着自己刚刚走过的路，吃惊地看到两条蛇在那里游来逛去！

"它们在等着有人给它们牛奶呢！"科斯塔对驴子说。

"从没见过，这可真是个奇迹！"另一个回应道。

"嗯？我没听错吧？"

"没错。"

有那么一会儿，科斯塔毫不怀疑是驴子在对他讲话。

到了村子里，那个粗暴悍妇不在家，穆拉达从屋里出来取饭盒。科斯塔解开毛巾，给她看那块耳朵。穆拉达吓坏了，赶紧把视线转向草场那边。远处，羊儿们正在吃草。

"我在等老太太，她到集市上去卖牛奶和奶酪了。"她解释道。

"你有针线吗？"

"有。"

"把针用火烧烧，免得感染。再拿点儿拉吉拉来！"

穆拉达很快回去了。科斯塔把房子前面的那张餐桌一直搬到井边，他躺在桌子上，把头探到井口上方。

"你趴着吧。"穆拉达说。

他马上照做。

这样她就不会看到我痛苦的样子了，他心里想。

"这样缝合起来更方便。"他连连赞同，不过，他知道即便说了也是徒然。

她用拉吉拉清洗科斯塔耳朵上剩下的部分。剧烈的疼痛凝结成一滴眼泪，落入井底。对科斯塔来说，用目光追随它要容易得多，因为这样，穆拉达就不会察觉到他的痛苦。当那滴眼泪碰触到水面，他笑了，穆拉达完成了初步的缝合，把耳朵缝回了原位。他仍然望着井底。就在眼泪落下的地方，飞起了一只白色的蝴蝶。它微微掠过水面，旋转着往上飞，最后落在科斯塔的肩头。穆拉达把耳朵缝好了。

这一次，科斯塔又倒骑在驴背上，头上缠着绷带，饭盒都装得满满的。他望着形单影只的穆拉达。她怀里抱着牧羊犬，没办法向他挥手致意，不然的话她肯定会那么做，因为对于一个陷入热恋的人儿来说，这是再自然不过的了，她脸上的表情已然说明了一切。

在那条科斯塔骑着驴子与那两条蛇偶遇的土路上，此刻空无一物。就连往常总在上空盘旋的雄鹰，也不见了踪影。科斯塔放缓脚步，让他的牲口安静下来，他用两手掬起一捧牛奶。学着农民播种的样子，把牛奶洒在路上。不知为何，这个动作让他找回了内心的宁静，一个大大的微笑照亮了他的面颊。他很清楚，萌发的爱意已无法熄灭。高地的尽头呈现在眼前，接着就是通往乌耶维奇的下坡路。他停下来。这次，不需要望远镜。他转过身去，站了会儿，慢慢地看向身后。他用肉眼看到了蛇——这次是五条——正在喝牛奶。其中有一条特别显眼，它个头最大，身子挤在两块石头之间；科斯塔对它的头感到惊奇。

村子四周静悄悄的。远处回荡着敌军零零落落的枪声。山谷里，炮兵们用一架老式大炮轰炸乌耶维奇的壕沟，乌耶维奇的守卫者们也奋勇回击对面的营地。科斯塔从后门走进厨房，把驴背的东西卸下来，又把饭盒都倒空。厨房中水汽缭绕，依稀可见厨子的助手们正挥动着大勺子，在小锅里不停地搅动。其中一位做了个手势，吸引了科斯塔的注意，只见那人拿出一把精心雕琢的木制口琴：

"听好了！"

当他吹着口琴，被水汽包裹着，他好像孤立于现实之外，一下子摆脱了战争。他娴熟地吹奏着乐曲，双脚和着音乐打起节拍，配上肢体动作，让人觉得他在表演一支现代舞。起初，科斯塔也用脚打着节拍，随后他掏出自己的卡祖笛，也开始演奏一段熟悉的乐曲。突然间，整个现场变成了一场马戏表演，在大炮的轰鸣声中，创造出一片令人愉快的天地。

这天夜里，第一场秋雨取代了漫天的炮弹，连绵不绝。糟糕的天气暂时中断了战争。早上，村里的女人们去采摘葡萄，很快，酿酒用的大桶就被装得满满的了。这活儿一结束，她们便开始用脚踩起葡萄，而男人们正在烧热煮红酒的锅。这是预示着秋天到来的唯一迹象。

破晓时分，科斯塔和他的驴子已经在去往供应牛奶的邻村的路上了，他要为乌耶维奇的守卫者们取牛奶。科斯塔目不转睛地注视着前方的路面。他露出神秘的微笑，似乎在说他早已知道蛇已经在路上等着了。

他站在坡上，双眼寻找着穆拉达的身影。然而无果。等他的是老太太，拿着挤好的牛奶！

　　她斜眼看着科斯塔。

　　"今天就您一个人吗？"科斯塔问道。

　　"是的！"

　　"穆拉达呢，她在哪儿？"

　　"我儿子扎加回来了。从今以后，当心你的行为吧！他们两个好久没见了。"

　　"啊，是吗？"

　　"拿上牛奶，滚吧。不许回头！"

　　就在他们往饭盒里灌牛奶的时候，科斯塔透过围着铁栏杆的窗子看到了穆拉达的脸。她正望着他。尽管神色悲伤，她比以前更美了。是因为她在窗子后面，还是因为玻璃使她脸上的线条变柔和了？科斯塔思忖着，定定地凝视着这永恒的美。他的呼吸变得急促，脸上放出光芒；感受到穆拉达温情的眼神，他调皮地翘起自己的八字胡。在老太太凌厉目光的注视下，在穆拉达的微笑中——她一直在窗子后面用目光追随着他，他重新上路了。等到了被群蛇主宰的高地，他回想起头天晚上那个厨子演奏的曲子。他转着圈儿跳起舞来。他取出他的乐器——他的卡祖笛，吹奏起厨子的新曲子。然后，他跳着舞，两手捧满了牛奶，洒在路上。

"蛇之路！"他高喊道。

他满心欢喜，消失在斜坡下，那些蛇似乎比初次见时大了些许。

"从来没见过！"驴子说，"真是奇迹！"

"你说什么？"

"从来没见过！真是奇迹！"

当他回到村子里，眼前的情景让他十分困惑。他只是个勤务兵，对前线的情况了解甚少；可现在，一把把吉他代替了步枪，一把大提琴和几只鼓取代了大炮，一个小提琴手一边演奏，一边将手中的乐器耍来耍去。农民和士兵们开心地拍着手；一个缺了牙的战士抛掉头上的橄榄帽，换上了毡帽。

"胜利啦！"他大喊，"咱们把他们打得屁滚尿流！"

广场上的小油灯亮着光，老老少少都在庆祝胜利。科斯塔走到厨子身边。

"一下子？就这样了？"

"一下子，就这样了。不过，小伙子，他们已经包围我们一年了！终于胜利了！我们的人一直把他们击退到海上！直到最后一个散兵游勇都投了降！"

如果战争结束了，我就再也见不到她了，科斯塔心想。

他把牛奶放进厨房，然后悄悄溜走了。他怎么能相信再也见不到她了呢？

他走到乌耶维奇的广场的时候，庆祝正进行到高潮。伴着音乐和歌曲，乐队将士兵和农民们汇聚在一起。歌声与焰火划破了长空，斯洛文尼亚民歌的伤感混合在胜利的喧闹之中。村民们围成一个圈，唱着歌，抱在一起。科斯塔挤进两个士兵中间，加入了大家的行列。

伤感的歌曲变作了科罗圆圈舞[①]，圈子越跳越大，一直延伸到视野尽头，转眼间连接起乌耶维奇的大街小巷，连接起那里的每一幢房屋。黑塞哥维那的这片热土传递出一股非同寻常的热流，传到每一个舞者的双腿；数十人手挽着手，滚烫的血液灌溉着这链条，他们化身为同一个存在，燃烧着同样的血，跟随着同一种节奏。跳着跳着，科斯塔感到一阵眩晕，他仰起头望向天空，希望能在那里看到穆拉达。

好像上天要满足他的愿望，他在人群中认出了她。穆拉达正在和一群陌生的人跳着科罗舞。她也发现了科斯塔。当后者拨开人群，牵起她的手，她赶忙垂下眼帘，生怕别人看出她与之共舞的快乐。科斯塔没有犹豫；他们就这样手牵着手，第一次，他看到了她目光中的爱。

---

① 多人围成圆圈跳的一种南斯拉夫传统舞蹈。

"老太太撒谎了。扎加没回来。"

"我知道。"

"我不爱他。"

"那你爱谁？"

穆拉达轻轻尖叫一声，与此同时，科斯塔从人群中跳出来，开心地前后翻了两个空心跟斗。

科斯塔家里静悄悄的，最后一位歌者的声音依稀可闻。几个醉汉的声音从开着的窗子模模糊糊传进来。窗外，庆祝胜利的烟花在夜空中绽放，就像划过天空的流星。穆拉达慢慢褪去身上的衣服，科斯塔则心急得多。借着窗外透进的光，他们彼此打量。两人的嘴唇刚要贴在一起，窗玻璃被打碎了。老太太突然出现在房间里，手里握着一把库布拉①。

"战争对你来说可能结束了，可对我来说，还没完呢！"

"我是不会回去的！"

"你必须回去，贱货！你的未婚夫等着你呢！"

"老贱货，你撒谎！"

"我没撒谎！你给我回去，不然我要了你的命！"

"不！"

那老女人掏出一把短式手枪威胁科斯塔。穆拉达气得发了

---

① 一种长枪管的老式手枪。

疯，踩着碎石路夺门而逃，老女人紧紧追赶。科斯塔也跑了出去，边跑边套上裤子和衬衣。他三两下就爬上布满碎石的陡坡，眼见穆拉达就要被那个老女人抓住了。后者把库布拉的枪口转向他，他立刻停了下来。

"往后退！她有丈夫了！"

科斯塔第一次明白，他甚至能为穆拉达献出生命。他觉得，这是一段正在上演的爱情故事中必须要经历的波折。他平静地打道回府。

就在村子里的狂欢继续之时，月光里突然冒出了十个敌军的影子。他们一个接一个，悄无声息地潜入战壕，轻而易举地拿下了第一个哨兵！这天夜里，没人听见他的喊声，也没人看到另外三个哨兵还没出声就被割喉而死。他们怎么可能知道呢？伴着越来越嘈杂的喧闹声，整个村子一直在兴高采烈地庆祝胜利呢。

早上，又到科斯塔给驴子装驮鞍的时间了。

昨天夜里的残羹剩饭到处都是。厨子已经起来了，跟往常一样，正笑眯眯的。科斯塔去拿饭盒的时候，他正在清理厨房。

"再有一两天，就连这厨房都会成为历史了！"他说。

"可别这么说，我求你啦！"

"战争结束了，小伙子，国际协定都签署了。永别了武器，生活万岁！"

在这条烂熟于心的路上，科斯塔又发现了那些蛇，其中一条已经长得很粗大。他知道，从今以后，它们只能焦急地等待他和驴子了。

科斯塔小心翼翼地进入村子。拴好驴子、取下饭盒的工夫，他看到扎加从牛棚里走出来，拿着刚挤的牛奶。扎加主动向科斯塔伸出友好之手，科斯塔一时间不知所措，只好握住他的手，脸上丝毫没有流露因为结识他而产生的痛苦。

"扎加·博热维奇？"

"你怎么知道的？"

"有谁不知道扎加·博热维奇啊？战士，大英雄！"

伴随着刺耳的刹车声，一辆塔米其卡车在房子旁停下来，两个小伙子立刻开始将很多桌椅往下卸。他们向博热维奇问好。

"你们是要准备斯拉瓦节吗？"

"不，朋友，是我的婚礼。七年了，她一直等着我从前线回来！"

"并且毫不厌倦。"科斯塔小声说道。悲伤扼住了他的喉咙。

然而，战士科斯塔没有倒下！他掩饰着痛苦——血液将这痛苦闪电般传递到全身的各个器官，他的微笑却越发灿烂。

"恭喜恭喜！穆拉达在哪儿呢？"他问。

"在特雷比涅①。母亲带她去买婚纱了。"

"那你的礼服呢，备好了吗？"

"一套名牌西服，在阿布扎比的免税店买的。一流的！"

科斯塔回到乌耶维奇。等他再回去的时候，房子前面，为婚礼准备的桌布都已经铺好了，灯泡也已经装在了灯头上。他希望能看到穆拉达。虽说已经亲眼看见、亲耳听闻，但他还是没有办法确信，自己的爱情就这样结束了。此外，战争突然结束，村里的庆祝令人意外，也让他变得对一切都十分怀疑。他没有放弃再见到穆拉达的希望，他脸上的笑容就是最好的证明。

只是当他走在蛇之路上的时候，他情不自禁想到，自己从此再也见不到穆拉达了。他哭起来，驼着背，耷拉着脑袋，他真希望回乌耶维奇的路永远也走不到头，他看见自己的眼泪滴滴落在尘土里。突然，村子那头传来一声巨响。他撒腿就跑，跟跟跄跄，跌倒在地。他一倒地，便发现双脚都被那条巨蛇的尾巴紧紧缠住了。他无法转身，蛇已经将他周身缠住。他惊慌失措，极力想要动弹，想着如何脱身。可惜都是白费力气。以前不管遇到多糟糕的事，科斯塔总知道要保持头脑清醒。可现在，这招不起作用了，他被囚禁了，如同身在梦中，连一根手

---

① 波黑最南面的城镇。——编者注

指都动不了。一股大得出奇的力量让他不能动弹，他觉得，自己现在的处境比最恐怖的噩梦还要糟糕。他的每一个关节都像是被卡在弓形夹里，全身像是被夹在一把巨大的虎钳中。他头一次感觉到自己身体的每一块骨头，甚至是最小的那块。他已经完全没了力气，手臂和双腿无法挪动一分一毫。为了摆脱巨蛇的束缚，他愿意付出任何代价！

这下好了！他思忖。真是好心没好报！

最后，他两脚用力一蹬，重新站起身来，与一直缠着他的大蛇一起，顺着斜坡滚了下去。他们在大石头边停了下来；他怀着恐惧，甚至近乎崇敬的心情，突然看到了大蛇的脑袋。他等着蛇咬下来，血液都凝固了，身体最细小的部位一个个冷却。突然，大蛇缠绕他的力度似乎减弱了些。他望着那畜生的脑袋，一股寒意袭遍全身；这脑袋比他的拳头还大！蛇朝他吐了吐芯子。他吓坏了，只等着它来咬他。忽然，他计上心来。感觉束缚稍稍松动，他猛一用力，想摆脱出来。不幸的是，大蛇迅速反应过来，反而缠得更紧了。科斯塔扭动身体，这次他不再恐惧，因为现在他连死都不怕了。他呻吟着，往左转，又往右转，但怎么也逃不出来。他的骨头麻痹了，脖颈上青筋暴起，腹部肌肉紧缩得仿佛要呕吐一样。他时不时能做的，就是减少身体与蛇的接触——不过也只有在死亡的冰冷束缚重新袭来之前的片刻。他已没有了温度，血液通过血管源源不断散发出的热量，被巨蛇吸收得一干二净。时间每过去一秒，他的力气就消失一分。不论如何，他听见乌耶维奇的枪炮声渐渐平息了。他对大蛇缴械投降，已是垂死之人，还有什么可在乎的呢？他失去知觉，眼中泪水盈盈，这是生命结束的先兆。就在这时，他嗅到了着火的气息。

他的不幸达到了极点！除了用最后一抹微笑与自己的人生道别，他不知道自己还能做什么。突然，最令人意想不到的事发生了：就像刚刚囚禁他时一样，大蛇迅速松开他溜走了，他只来得及看见蛇的尾巴转眼间消失在大岩石下面。科斯塔一时还回不过神来。他重新站起身，摸摸身上每一个部位，好确认自己还活着——就在前一刻，他还在与人世做最后的道别。

他走下斜坡，回到村子。眼前滚滚的浓烟让他呆立当场。整个村子都烧起来了，房子冒着熊熊的烟柱。他急忙冲进马厩，与好几个被吊死的士兵的尸体擦身而过。当他在厨房的桌子上看到被砍下来的助厨的脑袋，他吐了。昨晚还在庆祝胜利的广场上，一个孩子被钉死成十字状，而厨子和他的助手们脚被绑着，倒着吊死在金属钩上。科斯塔扑通跪在地上，哭成了泪人儿。

那条蛇救了我的命！他突然想起来。可谁会相信我呢？

他哽咽着，浑身颤抖，跑上陡坡，找到他的驴子，卸下饭盒，把牛奶洒在蛇之路上。泪眼蒙眬中，他掀开一块又一块石头，从最大的到最小的，希望再找到那条救了他一命的蛇。然后，穆拉达还活着的希望忽然给了他激励，让他重新找回了力量。

2

当科斯塔穿过村子，希望与恐惧交织在一起，模糊了他的视线。他已经准备好再看一眼穆拉达，同她道别，可现在，映入他眼帘的是——围坐在桌边的宾客那一具具烧焦的尸体，仿佛是遭遇了突如其来的熔岩流。他们在完成一个普普通通的动作之时被定住了。那老大妈盯着科斯塔，手里握着酒瓶，双眼像鬼魂般圆睁着，脸也被烧焦了。新郎从椅子上起身的那一刻就被定住了。肯定有人比扎加·博热维奇更敏捷、更狡黠。这位方圆百里赫赫有名的战士就坐在那儿，脑袋上有个窟窿——很可能是一位职业射击手干的。某个远道而来的人前来复仇了。

科斯塔用脚推开一点儿房门。厨房里没人。他走上楼，哪里都是空空如也。只有百叶窗像幽灵一般，在风的吹动下兀自拍打着。远处，有人声……科斯塔急忙踩着梯子爬上小阁楼。一开始，他什么都没看见，随后，透过一块漏了缝的厚木板，他瞧见三个士兵，挎着自动步枪，还带着短刀，正四下里仔细

婚姻中的陌生人

搜查。其中一个，个子最小的那个——如何区分他们呢？他们都戴着匪帽——点燃了小木屋，而另外两个朝着牛棚走过去了。突然，个子最大的那个朝屋子走过来，科斯塔赶紧缩回了头。他飞快地跑到一楼。自己如今已命悬一线，他清楚得很。最要紧的是找个藏身之处。现在，人声已经很近了。就在他打算从院子里偷偷溜走的时候，一个低低的呼喊声传进他的耳朵里：

"科斯塔，科斯塔塔塔……"

穆拉达？他环顾四周，心里犯着嘀咕。

"科斯塔，科斯塔塔塔……"

他好像又听见了穆拉达的声音。担心、恐惧封锁了他的感官，他觉得自己看不清也听不清。周围，一切都变形了，变得模糊，变得令人生疑。时间、空间在他面前碎裂，一股无形的力量，将他所看到的和听到的都化为绝望。他的思绪在转瞬之间摔成碎片，掐断了他的呼吸，让他变得优柔寡断。

我产生幻觉了，他心想。这时，他听见靴子的声音，训练有素的脚步声伴随着清脆的金属撞击声，让脚步声变得更加可怕。他连连后退，对士兵的恐惧愈发强烈，然而女人的声音变得清晰了。是穆拉达在呼唤他，他现在可以确定了。他继续往后退，撞到了井上，他往井底张望，发现了穆拉达。于是他赶紧转动绞盘，把水桶升上来，然后他坐进桶里，开始往下降，竭力用两只手控制速度。听见那三个士兵在互相呼喊，他松开手，任由自己下落——这是躲避死亡的唯一办法了。他扑通一声潜入水里，当他重新露出水面时，穆拉达抓住他的腰带，又把他拖到水面下。他抱住这年轻女人，而她伸出食指朝高处指了指。她把一个长烟管折成两截，这样两个人就能在水下呼吸了。

突然，在他们上方，出现一只蝴蝶的轮廓；就是穆拉达为科斯塔缝合耳朵时，伴随科斯塔的眼泪出现的那只蝴蝶。等水井里停止波动，蝴蝶朝着光亮飞去。与它一同出现的，还有三个向井口俯下身来的士兵的身影，就像镜子一般清晰。个子最小的那个士兵把他的步枪伸向井里，连射了好几颗子弹。

那只蝴蝶不再飞了，贴在水井的内壁上。穆拉达推开科斯塔，子弹从他们中间穿过，就像无害的石子儿一样结束了它们的行程。士兵们等了一会儿，希望看到一具尸体浮上水面，这时，蝴蝶开始盘旋着朝井口的亮处飞去。它一飞到士兵面前，就戏弄起他们，绕着他们的脑袋飞来飞去。然后，蝴蝶落在绞盘上，三个人仿佛一个人般，不约而同地转向它。犹豫了好一会儿，仿佛是为了诱惑他们，蝴蝶又继续它的特技飞行。大个子想用两只手拍死它，可没能如愿。蝴蝶轻轻落在了小个子的头盔上。中等个子慢慢抬起胳膊，猛地一下重重砸在小个子的头盔上……又失败了！蝴蝶继而落在大个子的脑袋上。中等个

婚 姻 中 的 陌 生 人

子微笑着看它耍弄另外两个，跳起来想踩死它。没能成功，反而扭了脚踝！小个子又想用手指把它捏死，还是失败了！三个人暴怒不已，死命扑打着蝴蝶；就在他们你推我搡的时候，蝴蝶落在了最没有攻击性的中等个子的头盔上。小个子摘下头盔，使劲儿照着中等个子砸过去。他们两个面面相觑了一会儿。中等个子气坏了，甩手就给了小个子一个大嘴巴，而大个子紧追着飘忽不定的蝴蝶，在草场上跑来跑去。

每次，当这只蝴蝶落在一棵药草上，大个子便笃信一定能捉住它，可最后都让它逃走了。他跳起来，像守门员一样俯冲下去，半空中，他攥紧拳头，深信蝴蝶这下再也没机会飞起来了。然而，当他得意扬扬，张开手臂，蝴蝶又飞起来了。另一边，那两个士兵算起账来，甚至还动起了手：

"你为什么打我？"

"打的不是你！是你的头盔！"

"才不是，你打了我！还没谁敢打我呢！"

趁着这几个雇佣兵试图摆脱蝴蝶的时候，科斯塔和穆拉达从井里探出头。二人相视一笑，决定先溜到房子后面，再从山上逃走。他们穿过坑坑洼洼的草场，想钻进旁边的树林。不幸的是，厮打在一起的那两个士兵终于发现了他们。他们赶忙戴上头盔，拿起步枪，开始追赶他们。与蝴蝶纠缠不休的大个子，看到两个同伴跑了，也拿着步枪跑去与他们会合。蝴蝶落在一棵药草上，注视着这三个发狂的人类。

到了森林里，科斯塔和穆拉达明白他们得救了。可就在这时，科斯塔听到了熟悉的金属撞击声，伴随着军靴声。他们来到一棵枝繁叶茂的梧桐树前，科斯塔让穆拉达踩着他的肩膀，她先爬上去，藏到这棵百岁老树的枝丫中。轮到科斯塔了，他纵身一跃，抓住一根树枝，借助手臂的力量也爬了上去。等三个士兵走到跟前，科斯塔和穆拉达已经在两根树枝间藏好了。

"我们能看见他们，但他们看不见我们。"看到这三个士兵走到树下，科斯塔小声说道。

这三个家伙跑得筋疲力尽，于是卸下武器，背靠着树干喘着粗气。

"水，"高个子问，"这附近有吗？"

"那边。"小个子指着小溪的方向，回答道。

他们摘下头上的匪帽，从高处没办法看清他们的脸。穆拉达转过身，想让自己的脸与科斯塔的脸贴近点儿，不想她的脚在滑溜溜的树皮上滑了一下。要不是科斯塔及时搂住她的腰，谁知道会发生什么呢。他们就保持着这个姿势，两个人紧紧搂在一起。穆拉达向科斯塔投来惊恐的目光，而科斯塔，用手指轻柔地盖在她的唇上。这时，其中一个战士抬起头望向树冠。

"别担心，"科斯塔说，"他不是在看我们，他只想伸手看看是不是下雨了……"

果真开始下起雨来了。

"快跑！"小个子士兵喊道，"暴风雨要来了！"

他们跑去找地方躲雨。雷声轰鸣，一道接着一道的闪电划破天空。三个头戴钢盔的士兵全速穿林而过，一阵怒吼的狂风带来倾盆大雨。出了森林，小个子士兵指着岩洞边的一片湖，招呼另外两人一起。他们沿着湖走，勉强避开将那些孤零零的树劈开的闪电。三个人终于走到了岩洞，后面就是一片高山湖泊。

天空中不断划过一道道闪电。穆拉达战栗着。她对暴风雨的恐惧与她在科斯塔身边感受到的激动旗鼓相当。她全身都经受着这种强烈的孤独感——一个孤独无依的女人所能体会的孤独。穆拉达完全委身于科斯塔的怀抱。闪电劈了边上的一棵树，树燃烧起来。

"科斯塔，我害怕……"

"你别怕。闪电不会找上荨麻科植物的。"

天空仿佛被撕破了口子，雨水倾泻而下。科斯塔与穆拉达，两人含情脉脉地紧紧相拥，纹丝不动，仿佛是被钉在了梧桐的树冠里。他们隐藏在团团树叶间，紧紧相拥，心里十分清楚任何一个轻率的举动都将是致命的。他们越抱越紧，最终交换了一个惊异的眼神。雨势不减，闪电时不时照亮他们合二为一的身体，雨滴顺着他们的脸流下来，他们脸上那纵情爱欲的神情，表现着这幕非同寻常的爱之戏剧。

天亮了，空中乌云散尽。几只野鸭飞过梧桐树冠。科斯塔脱下穆拉达的长筒丝袜。他把袜子一头系在她的腰间，又把另一头绑在树干上——想沿着光滑的树干滑到地面是不可能的。在确定打好的结足够牢固之后，他用另一只袜子以同样的方式把自己系好。然后，穆拉达闭紧双眼，两人纵身跳下。奇迹啊！他们触碰到了地面！借助长筒袜的弹性，他们很快又飞起来了，快乐得就像游乐园里的孩子。他们就这样升升降降。

他们走近湖边的一栋房子时已经中午了。科斯塔敲了敲门。没有回应。

"有人吗？"他喊。

"有人吗？我们要饿死啦！"穆拉达欢快地叫起来。

确认房子是空的之后，他们到菜园里摘了一个南瓜。接着，他们跑到湖边，科斯塔第一个潜入水中。然后，他们像孩子一般，先是穆拉达，后是科斯塔，把南瓜按进水里，后者立马又浮出水面，他们玩儿了好久。

突然，树林那边传来几声枪响。科斯塔和穆拉达拼尽全力，拔腿从浅滩逃跑。子弹呼啸着；那三个士兵埋伏在一小丛灌木中，朝他们开枪。走到湖的另一端，科斯塔发现他们眼前出现了一个万丈深渊。他牵着穆拉达的手，思考着：如果跳进这百余米的瀑布，他们究竟有多大机会能活下来呢？可时间紧迫，丝毫容不得他犹豫，他们背后又飞来了齐刷刷的子弹，就贴着他们，从湖面滑过。于是他们纵身跃入深渊；当她远离他时，他就用双臂缠住她的腰。他们仿佛受魔鬼驱使一般，自由自在地待在气垫上；沿着深渊跳落，这事儿本身就令他们欣喜若狂！

　　他们在空中翻滚，仿佛失重了一样，你追我赶，继续往下落。这时，他们才明白：原来坠落也可以意味着飞翔。他们毫不费力地在空中又翻滚了三周，跌入瀑布脚下清澈而又深邃的湖中。有那么一会儿，他们在水下寻找着彼此，牢牢抓住对方，然后，他们身体仿佛合二为一，缠绕着浮出水面。正当他们紧紧相拥之时，他们看见一条蛇从身边游过，消失在湖底。

　　"人类没跟它们算账。"科斯塔指着那条蛇说道。

　　"我怕……"

　　"你最应该怕的，是上边那几个，完全没有理由怕蛇。"

　　"怎么可能？是谁诱使亚当和夏娃触犯了原罪啊？"

　　"你说的没错，可是蛇也没有待在伊甸园呀，它跟我们一起离开了。"

"那是你自己的账，科斯塔，还没算完！"

上边的三个士兵只有蚂蚁那么大。他们根本不敢俯身向下看，更别提跳下来了。只有恋爱中的人才甘愿冒此风险。

科斯塔和穆拉达潜入水里，朝更加隐蔽的湖对岸游过去。他们在一块大岩石旁露出水面。他们微笑却不无担心，抬头向瀑布上方张望，那三个士兵已经不在了。他们脱下衣服，摊在灌木上；不再担忧追踪者，他们沉醉于这个阳光明媚的白日之美，再次跃入湖中。穆拉达先游上来，十分开心地攀上大岩石。她看着科斯塔在水下游泳，又浮出水面，然后停在大岩石下面。过了一会儿，当他再次现身，手里还攥着一条鲑鱼，穆拉达开心地喊了一声。鱼儿摇头又摆尾，奋力想从他手中逃脱。科斯塔娴熟冷静地把它朝岩石上一撞，那鲑鱼瞬间不动了。

二人躲在瀑布后面，瀑布像一条展开的帘子，挡在了这个充满敌意的世界和他们中间。他们美美地享用完鱼肉，又沉浸于水流充满力量的按摩。科斯塔用眼睛留意着森林和延伸到山那边的草场。那三个士兵突然出现在他们左边。

匆匆忙忙地，科斯塔带着穆拉达朝草场的方向跑去，草场一直延伸到陡峭的山崖边，山峰长年覆盖着积雪。几百只绵羊

　　　　　　　婚姻中的陌生人

正在吃草。突然,在距离很近的地方听到了恐怖的金属撞击声。穆拉达和科斯塔兵分两路,蜷缩着身子混进羊群里。

士兵们已经从对岸环绕着山湖的森林中跑了出来。他们探察着周边情况。穆拉达躺在羊群中间。她惊慌失措,紧紧抱住一只羊,那羊都要喘不过气了。

"咩——咩——",平原上回荡着羊的叫声;士兵们顿时提高了警惕。

其中一个士兵发现远处有个小棚屋,于是他撒腿就跑。还没来得及说出一句话,他就一脚踏进了雷区,随着一声爆炸灰飞烟灭!再冷酷的杀手也惧怕死亡——不是别人的死亡,而是他们自己的。看到他们的头儿突然遭遇的事情,另外两个士兵吓坏了,他们不敢再往前冲,慢慢朝着草场另一边的一棵孤树退却。

科斯塔手脚并用,在羊群中匍匐前行,寻找穆拉达的身影——羊群为逃亡者提供了最好的庇护所。

科斯塔趴在地上,他深知,在人生中,一切都是时间问题,不过他也知道,这个庇护所只是暂时的。当他把头从羊群上方探出……其中一个士兵正在用望远镜勘察四周环境,朝他开了一枪。科斯塔迅速隐蔽,太迟了。一只羊轰然倒地。

"穆拉达!"他一边喊,一边到处寻找这年轻姑娘。

"科斯塔!"她立即回应道。

他站起身，与此同时，他找到了能确保他们得救的办法。他又趴在地上，面前聚集了十几只羊，它们漫无目的地乱走，在畜群中打开很多缺口。两个士兵加快了脚步，他们的声音已听得很清楚。科斯塔钻到牲畜之间，发现了穆拉达，后者惊叫了一声。科斯塔点头示意，让她跟在自己身后。

　　就在他们快走出羊群的时候，士兵们与他们之间只相距百米。这次，科斯塔完全暴露了。他模仿起牧羊犬的叫声；他弯下腰，引领羊群走向雷区。如同一幅描绘世界末日的图景一般，羔羊们排成一列做好牺牲准备。它们接二连三触发地雷，血肉横飞，为科斯塔和穆拉达开路——后者也出现在这幅地狱般的图景中。他们穿过血肉、眼睛、犄角搭建的通道，手牵手奔跑着，血从他们的脸上淌下来。当他们奔逃之时，俩人都相信，刚刚开启了地狱之门。毫无规律的爆炸声稀疏下来，最终归于平静，天空被染成血肉的颜色。

　　突然，他们面前出现了一个出口。有那么一瞬间，他们以为，是那些可怜的羔羊为他们开辟了通往自由的道路。两个士兵各自站在两边。他们已经被恐惧麻痹了全身，无法再多走一步。他们看着对方，四周都被……堵死了！哪怕多走一步，他们都将必死无疑。似乎只有穆拉达平静地接受了这一征兆。她想救科斯塔的命。其实她离森林更近了，她转过身子，以"之"字形往回跑。三个男人看着她，惊得张大了嘴巴。一个士兵刚把枪架在肩上准备射击，但他还没来得及往前一步，一个地雷就在他脚下爆炸了。可是穆拉达没有停下脚步。另一个士兵背对着科斯塔，也瞄准了穆拉达。科斯塔飞身扑到他身上，那士兵被自己的短刀刺穿，一股热血从脖颈喷涌而出，刚刚站起身来的科斯塔身上浸满了他的血。

"穆拉达！"他大喊，"都结束了！我们得救啦！"

穆拉达停下来。

他们四目相对。科斯塔向她挥挥手。年轻姑娘一只脚着地，支撑着身体，她不知道该如何解释自己为什么能从这片雷区中跑过。她浑身颤抖，既是幸福的颤抖，因为自己还活着，也是恐惧的颤抖，因为她不知道将要发生什么。她也向科斯塔挥手回应。科斯塔向前直直伸出双臂，左右摆动，一句话也不说。他是想告诉她不要走错，不要往左也不要往右。她微笑着，心里却更害怕了。她示意他安静，接着大笑起来。

远处，科斯塔还在重复着他的手势。

"亲爱的，别动！别动……我马上过来！"

她听不见他。她为追捕到此结束而欣喜，于是向一个树桩走去。她想坐下休息一会儿，等科斯塔过来。刚迈出第一步，她就遭遇了自己的命运，仿佛都是安排好的。一枚地雷在她身下炸响，把她炸得粉碎。仿佛面对着一场极其残忍的末日演出，科斯塔扑通跪倒在地，浑身战栗，抬头望向天空和上帝。

3

不论是林中鸟儿的鸣叫，还是绵羊的脖铃——它们敏捷地从草场一头跑到另一头，甚至是猎犬的狂吠——它们四处奔跑，看守羊群，都无法唤醒科斯塔修士。清晨，按照自己生命中不成文的习惯，也由于他还承受着痛苦，他还在熟睡。每当疲倦使得他闭上双眼，他很快就会入睡，却又在噩梦中陷得那么深，以至醒来之时却无法描述梦境。直到山羊跳着撞他的门，他才坐起身来。

他的视线落在炉火上：一股风从敞开的门口涌进来，让昨夜的灰烬重新生出火焰——他睡前往炉子里加了木柴。他从床上下来，窗外，太阳已然温暖了俯瞰山谷的高山。三只狗把羊群围起来，正与它们嬉闹；科斯塔抓起水壶，往脸上浇了些水。他站在圣萨瓦圣像前，用手划着十字，然后低下头去，跪着用前额触碰石头铺成的地面，做了三次。他在裤腰带上系上绳子，绳子穿过墙上钉着的一个挂钩，然后在原地不停转圈，直到把绳子均匀地从腰部缠到脖子。

在清晨阳光的照耀下，洒在乌耶维奇的房屋上的黑塞哥维

　　　　　　　　　　婚 姻 中 的 陌 生 人

那白石显得更白了。这个荒村，并没有像无人居住的茅屋一般总是弥漫着恐怖的气息。不久前还住着三百人的村子，如今就只剩一个羊倌，他自己制作奶酪，然后带到特雷比涅的市场上售卖。从草场上这边，羊倌向科斯塔打招呼，后者把他的山羊送回来：每天早上，山羊都要去叫科斯塔起床，科斯塔每次都会给它一把玉米作为奖赏。在科斯塔穿过乌耶维奇与修道院之间的葡萄园之时，这个早晨与以往并没有什么不同。科斯塔摘了些葡萄装进包里，他清楚这几串葡萄将是自己这一天的口粮。教堂旁边，连续不断的钟声响起，赶走了清晨的凉意带给人的战栗，晨祷的时间到了。

科斯塔在圣母的圣像前伏倒，然后站起身来。他祈祷着，感觉到心里的犹豫彷徨都消失了，与之一起消失的，还有他面对的唯一的困扰：对未知的恐惧。仿佛在尘世中，只有受神指引的人生之路才能让他免受痛苦。

他在教堂中拜倒，用额头触碰被黑塞哥维那似火的骄阳烤热的地面，这令他失去了时间概念。昔日一张张熟悉的面庞在他眼前一晃而过，一连串画面让他的人生变得如殉道者一般。

修道院要进行扩建，工人们正在为此打磨石头。科斯塔加入他们的队伍，已经想好如果不出意外的话，这一天该如何度过了。这项工作对他来说，只是分内的事，他几乎什么也没有付出，而且凿子单调的敲击声让他觉得快乐。这样一来，他就可以毫不费力战胜新的一天。他抬头仰望山峰，山巅是整个城市的制高点；他以一个命运多舛的男人的目光凝视着它。他开始了新一次的攀爬，一幅幅画面跟随着他，历历在目。现在，思绪又将他带到了那高处。等修道士们都去吃点心、去午睡的时候，科斯塔把敲打下来的碎石块装进自己的军包里。塞得满满的包背在背上，他终于感受到了真正的重量！

特雷比涅广场上，挨着市场的地方，每天同样的时间，一群乳臭未干的孩子都会在那里踢球。科斯塔一来，他们就停下了，因为他们知道，科斯塔给他们带了礼物，他会给他们分一些无花果干，或者几串从修道院前面摘的葡萄。小男孩儿们一边嚼着水果，一边看着他越走越远，心中既欢喜又惊奇，但也带着某种尊重，这在不安分的城里孩子身上并不多见。

钟声响起，科斯塔走进教堂的广场。恰巧一支婚庆队伍刚举办完仪式，从里面出来，走到教堂前的广场上。两个刚进入青春期的孩子，带着某些明显不可告人的意图，坐在一条长椅上抽着烟，不停回头张望，好像在窥伺着什么。其中一个先站起身来，朝着教堂广场出口的灌木丛和雕像走去。他观察了前进的队伍，点点头给出暗号；另一个从长椅下面拿出一个纸箱，接着点燃了三支香烟。他挥手驱赶着熏眼的烟气，又从箱子里掏出三条毒蛇。毒蛇还在摆动着鳞光闪闪的尾巴，他用一只手

婚姻中的陌生人

紧紧掐住它们的脖颈，往每张嘴里塞一支香烟，随后赶紧朝小
广场的出口跑去。婚庆队伍慢慢靠近了。那男孩把三条蛇摆在
新郎新娘的必经之路上。事实上，是照相师和拉手风琴的人先
撞上了一条蛇，只见那蛇胀鼓鼓的，像青蛙一样，眼看就要炸
开了。当那蛇爆炸的时候，新娘被吓得大声叫喊，新郎赶紧捂
上她的眼睛。很快，第二条蛇也像爆竹一样开了花。那年轻女
人发出受伤小鸟一样的叫声，泪流满面，朝城市广场的方向跑
去了，婚礼队伍跟在她后面。

　　科斯塔迈着一个背负重担的人应有的步子走到河边。一支
送葬队伍正在主干公路上缓缓前行，棺材放置在一架拖车上，
拖车由拖拉机牵引着。队伍后面，所有的车辆都停下来熄了火。
很快，一条纵队向远处延伸开来，科斯塔心想，这世上其他地
方的人，是否也会对死者表现出同样的尊重？他停下脚步，稍
微托起肩上的重负，把紧紧勒着肩膀的两条带子挪挪位置。突
然间，安静的气氛被打破了。一辆灰色的拉达汽车，亮着灯，
以全速与长长的车队并驾齐驱。送葬队伍中，所有人都默默看
着这辆贸然冲出来的车。司机突然一个急刹车，谁都能看见车
后座上有一个女人，好像快要生了，一直在求助。司机从车上
下来，走到一个身着一袭黑衣的女人身边。
　　"玛拉和你们在一起吗？"

"在那儿，前头呢！"

"一定得帮帮我。安娜不可能活着到医院的！"

那黑衣女人指指送葬队伍前头，男人冲了过去。看看黑衣女人的动作，很明显，她已经知道该怎么做了。两个人划着十字从棺材前经过，随后上了那辆拉达车。车里的孕妇蜷曲着身子，竭力想缓解疼痛，而这时，那个司机却朝后走去，一直到车队末尾才停下来。另外一个女人提着一桶水下了车，水是她方才急急忙忙去打的。

送葬的队伍越走越远，车后座上的女人叫喊声越来越大。最后一个穿着黑衣的男人刚刚消失在葡萄园后面，婴儿哇哇的啼哭声响起来了。城市里迎来了一个新居民，这让科斯塔脸上露出微笑。他穿过公路，沿河而行。

一直以来，缓缓转动着的，将水从水斗底部倾倒而出的水车都让科斯塔着迷。他始终觉得圆是最完美的图形。宇宙难道不是一个圆吗？他自己的生活似乎出离了这个圆。也许，无限的空间终究只是一个普通的圆。在这个圆的边界之外是否还有东西存在，这个问题不断烦扰着科斯塔，他想着想着，不知不觉已经过了特雷比涅河。

"只要沿着这条路走，对我来说就没有任何困难。"他一边穿过碎石堆，一边想。

到了山脚下，科斯塔知道，战斗才刚刚开始。他停下来，满怀崇敬，缓缓抬起头望着山峰。他感到心在胸膛里跳。攀登带给他一种常人难以理解的激情，他对此已经迫不及待。他开始爬坡，一直盯着脚下的岩石。

在过去的十年里，他从来没有能够在这里印下清晰的、永恒的足迹。不过比他的足迹更美妙的是：很多狍子沿着山路曲折而行；四脚野兽轻松自如，全速攀爬。每当他停下喘口气的时候，就会气恼地看到两只山羊灵活地跳跃着赶超了他，顺便还能在灌木丛中啃上几口。

啊，他想，如果我是一只鸟，那该有多好。或者是一只山羊！

那两只山羊已没了踪影，只留下一串叮叮当当的铃声，证明它们从这里经过。铃声渐渐消逝，很快，就只剩下蝉鸣声了。等太阳到了天顶，蝉愈发来了兴致，这时，铺满碎石的山坡上什么也看不见，只能靠耳朵听了。

科斯塔看见了山顶。他知道自己将再一次登上顶峰。他看不见自己的脚，这双脚频繁地被他身上的长袍绊住。只要一小块石头，就足以把他绊倒在地。跌倒，他早已经习惯了。每次要摔倒的时候，他都会转个身，让自己背朝斜坡，最后躺倒在装满石头的背包上。这次又是如此；不过这次摔倒的时候，他看见两只隼在比赛，或者说是在游戏。上天为他呈现的这一美妙的图景，却勾起了烙刻在他生命中的记忆和梦。泪水在眼角凝结成一颗颗珍珠，但他很快就恢复了平静。那两只隼消失在了山谷中。

我没有时间哭，他想。

因为在他面前耸立着一面绝壁，需要他手脚并用向上爬，而且没有回头路。要是这样往上爬，他背包里的石头一定会使他朝后仰，甚至跌下深崖。然而死亡并不会让他恐惧。如果真的死了，那他的遗憾将是无法再次登上顶峰。只有这次攀登才保持着他生命的平衡。他微微弓起背，这个姿势导致一块石头从包口掉出来，砸在他的头上。他停下来；并不是因为疲惫。他等了一下，回过头，什么都没看见。讶异和焦躁写在他的脸上。平时，就在这儿，他总能碰见一条浅红色的蛇。每天，它都会准时出现，因为它知道科斯塔要从这里经过。而每次，它的出现都会让科斯塔想起过去，想起颠覆了他人生的一系列事件。就在科斯塔纳闷怎么还没有看见它的时候，那条蛇从更高处的一块岩石底下探出了头。它只是吐了下芯子，慢慢靠过来。科斯塔拿出他的军用水壶，把牛奶倒在一个镀锡铁的容器里。蛇一刻也不等，立即舔食起来，科斯塔则继续前进。

他沿着绝壁爬了一段，又朝身后望了望，眼神里流露着不安：两条路，一条是展现在身前的路，一条是刚刚走过的路，都十分危险。就算现在改变主意，想原路返回，还是一样的艰难。他先脱下长袍，又原地转了几圈，以便将缠在身上的绳子脱下来，然后把绳子做成套索的样子；套索嗖的一声飞了出去。等确定绳子已经牢牢固定好了，他开始沿着峭壁往上爬。哪怕一个小小的失误都会要了他的命！

通往山崖最高处的艰难路程需要经历两次攀爬、三次下降。这将是最严峻的考验。就像人生途中，兴奋得意让他选择往上走的路，对于他来说，这种路走起来要比大头朝下更容易栽下去。因为走捷径往往并不是出于自己的选择，他也控制不好下落。这是历史以及历史所酿成的不幸强加给他的。科斯塔清楚，正是这长期的苦难使得他还活着！他的双臂和脚下的路能否承受他身体的重量？他所面对的，是三个山顶构成的险峰。只要先成功完成三段爬上爬下的路程，然后再过一个山顶，他就只剩下最后一段通往城市顶点的上行路了。

他的脸上写满了疲惫，他拽住绳子，朝着山的顶峰缓缓上升。他已经到了筋疲力竭的边缘，汗水不停地从他仰起的脸上流下来，可他的双眼以及那仍然挂在嘴角的微笑，仍然俯瞰着整个山谷。翻过第二个峭壁，他任由自己滑落；该迎战第三个峭壁了，他心里轻松了许多。他微笑着。先抛开自己的极度疲乏不管，他知道，自己就要再次见到穆拉达了。

他奋力向上攀登，呻吟着，而后是痛苦地呐喊，终于，他征服了第三个山顶。他一直跑到制高点脚下，仿佛被鬼魂附了体，他身后拖着那包石头，发起了最后的冲击。他跟跟跄跄，双腿不听使唤，他双膝跪地，仰面朝天躺在地上。但是他不放弃！

还剩下两百米，他匍匐攀爬。天空刚刚代替大地，大地取代了天空。一切都翻转了，他也倒退着走路；突然，他停了下来。他摸到一个头颅，吓得急忙转过身去。狂风呼号着，不断抽打着山峰，他发现一条隧道；隧道的尽头，是天空。两只鸟悬在空中，抓着一件展开的婚纱。穆拉达全身赤裸，她站起身；鸟儿们猛地发力，又猛地朝下飞去。穆拉达穿上了她的婚纱。她很幸福。科斯塔微微闭上眼睛。隧道里，有人朝另外一端天空的方向冲去，穆拉达逃走了。科斯塔飞快地穿过隧道，很快到达了隧道的尽头。穆拉达跳进一个小湖中，在水下消失不见了。科斯塔紧随其后也跳下去了。两个人都潜入水中，却无法汇合。在水下，突然间，一只手碰到了科斯塔。他转过身。

一声惊雷炸响，科斯塔全身战栗，从梦中惊醒。他再次抬起头望向天空。天空被扯出一道口子，雨水浇在他的脸上。

他站起来，仿佛有一股洪荒之力推着他，他开始跑，开始攀爬。他历尽艰辛，驮着用腰带和绳子绑住的背包，终于走到一片空地。从这里望下去，整座城市仿佛是躺在一个首饰盒里。带着满是怀疑的目光，科斯塔第无数次望向四方。

我终于又到最高处了，他心想。

他朝着一块大岩石走去，上山的路实在辛苦，他要坐在那儿休息一会儿。一只小嘴乌鸦从天空飞过，用一双机灵的眼睛观察着他。它绕着科斯塔画了一个大大的圈圈，科斯塔呼吸急促——然而这呼吸却象征着科斯塔修士生命中的一次新的冲刺，他的脸上发出光来。

他解下身上的腰带和绳子，坐下来。他的心脏平静了，呼吸也回归正常。他从包里拿出两串葡萄，把《圣经》放在岩石上，葡萄放在旁边。他没有看见停在旁边岩石上的小嘴乌鸦。他凝视着山谷，凝视着这座腰间嵌着一圈裸岩的城市，悲伤袭上心头。双眼追随着两只隼穿过无尽的山谷，科斯塔默默流下泪水。

要不是那只小嘴乌鸦趁机跳到放着葡萄的岩石上，他可能还会再哭很久。科斯塔转过身，眼泪不流了。看到小鸟在啄葡萄，他笑了。

科斯塔费了好大力气，把一直背到城市之巅的石头举过头顶，然后看着它们滚下岩壁。明天，他想，一切都无法重来，就像今天也不会重新开始。

婚姻中的陌生人

我的父亲，布拉措·卡莱姆，热衷于讲述女人们的英勇壮举。他最喜欢的女英雄有圣女贞德、居里夫人、瓦莲京娜·捷列什科娃①……当他讲起一位母亲在历史中所扮演的角色，情绪变得十分激动，就连心脏周围的衬衣都随之颤抖，他松了松领带，最后，竟然号啕大哭起来。

"法西斯从萨拉热窝上空丢下一颗炸弹，莫莫·卡普尔的母亲，用自己的身体为她的小蒙西罗搭起一道屏障来保护他。最后他得救了，可卡普尔同志却在爆炸中丧生！"

泪水顺着他的脸颊流下。我看着他，自己也忍不住哭了起来——没错，哭了！不知究竟是什么感动了我——是我父亲，还是关于这个母亲的故事。

我父亲并不是按照南斯拉夫标准打造出来的。他身高一

---

① 瓦莲京娜·捷列什科娃（Valentina Terechkova，1937— ），苏联宇航员，第一位进入太空的女性，月球背面的一座环形山以她的名字命名。

　　　　　　　　　　　　　婚姻中的陌生人

米六七，脚下垫着四厘米的增高垫；他的衣服都是找裁缝量身定做的，每次总要十分留心，让裤脚遮住增高垫。自从喇叭裤成为时尚以来，他的鞋尖几乎看不到。11 月 29 日 [①] 的庆祝活动上，我在人群中一眼就注意到了他，他正站在一位中等身材的女人身边，刻意显现出一副十分高傲的神色。实际上，他眼睛一眨不眨送秋波，女人们向他微微一笑作为回应。有时被他盯着令人难以承受，仿佛他会扰乱她们的呼吸节奏。

好了，卡莱姆同志，求您了！您让我不好意思了……

这些女士对我父亲有所偏爱，于是我开始理解为什么当巨大的动荡——革命甚至战争爆发时，她们不会跻身前列了。只有在这些动荡之后——当男人们意识到他们的行动中缺了女人之时——男人们才会扮演起绅士。我对人类历史的了解还不够。中学三年级，刚刚讲到母系氏族制度被父系氏族制度替代。在那以前，女人对男人和动物是享有统治和支配权的，负责狩猎的男人失去了优势地位。从那以后，男人与女人之间的账就一直都算不清。几千年来，这种状态一直持续着，没有得到解决。现如今，人们庆祝 3 月 8 日，庆祝女游击队员玛拉的英勇事迹！我父亲也喜欢讲她的故事。可为什么要讲给我听呢？他很清楚

---

① 南斯拉夫国庆日。

我与此毫无关系！

我对秘密的爱好，是在苏捷斯卡童子军的萨瓦·科瓦切维奇小分队中培养起来的。谁要是有当通讯员的野心，谁就得完美地掌握沉默的技巧。如果不想只当个小侦察兵，首先就要经受各种磨难和考验。为了晋升到这个级别，需要一天二十四小时闭紧嘴巴。让我闭嘴，这很合我意——说得越少，想得越多！即使有人宣称说话是人类最伟大的成就也没用，我早就发现，无论什么时候都绝不能乱说一气。这就是为什么我最初几次和女孩子们接触的经历都以失败告终了。

比方说，在一次约会上，我开始像绵羊一样颤抖着说起话来，唾沫穿过牙缝四处飞溅。

"你倒是说点儿什么呀！"她叫道。

"什么？"

"说点儿漂亮话……"

"你觉得什么是漂亮话？"

"什么都行。你可以对我说……说你爱我！"

"这怎么能行呢？这根本就不是真话啊！"

我还从来没有对我的哥们儿讲过我家里发生的事情。但是有一天，我鬼使神差地决定向科罗和茨尔尼倾诉。我们三个聚在商店门口，喝点儿啤酒，然后等着佩顿的几个小崽子们，好

　　　　　　　　　　婚姻中的陌生人

向他们收过路费。我开始讲起莫莫·卡普尔母亲的故事，却突然鼻子一酸流起眼泪来。科罗立刻抓住我不放：

"哭唧唧的那个人哟……小娘们，走开！"

"就一滴眼泪而已！"

"一个痞子，一个真正的痞子，才不会哭呢。哪怕他老妈刚咽气！"

"那你呢，你老子死的时候，你兴许没哭吧？"

"不许扯我的事儿，记住了？！我是你的头儿。快点儿，咱们到那上面去！"

我们都管他叫科罗——"斜眼儿"，因为他看书和远眺的时候总眯缝着眼睛。但是他坚持不戴眼镜，好让自己看起来不像个娘们。他是我们这伙里身体最强壮的，敢和比自己大许多的家伙打架，而且他是第一个穿格子裤的。因此，在学校里，老师们都给他起绰号叫"小丑"。

"如果我是小丑的话，校长先生，那您呢，您是什么？是老丑吗？！"

"注意你的言辞！"

"洛·史都华[①] 呢，他也是小丑之一咯？他也有一条这样的裤子呢。"

---

① 洛·史都华（Rod Stewart，1945—　），英国摇滚歌手，曾经是世界上最出色的摇滚歌手之一，以独特的形象与嗓音闻名于音乐界。

"注意你说的话！"

"他可是什么都买得起：这所学校，这间会议室，还有学校强制我们订的报纸！"

"注意你说的话！"校长哈桑·基基奇一脸惊慌，重复道。

茨尔尼是最小的，也是最暴躁的，一把尖锐的螺丝刀从不离身；他用它剔牙、抠指甲、撬报亭的门，还用它防身，阻止街上比他强壮的人靠近。他总是走在最前面，落我们十好几米远，就连爬茨尔尼乌尔山——黑峰——的时候，也都还在我们前面。这座山之所以叫黑峰，并不是因为住在戈里察高地的都是茨冈人；可能有人会这么认为，因为城里人都叫他们黑人。在茨冈人居住区另一头的奥汉·赛叶迪奇家的庭院里，斗狗比赛已经筹划好了。据说这次，一台好戏即将上演：一只罗威纳犬与一匹狼即将展开殊死搏斗！

"来啊，朋友们！这不是玩笑，也不是骗术！一匹拒绝变成狗的狼和一只不怕狼的罗威纳犬将要对战啦！胜者才能活！"

风把高音喇叭里传来的带着鼻音的叫喊声传到四处。

庭院里聚集了一群人，有支持罗威纳犬的，也有支持狼的。当我们走近这群人的时候，不知为何，我又想起了莫莫·卡普尔的母亲的故事。

"我老子说，莫莫·卡普尔之所以是个贵族，就是因为他母亲有那样的遭遇。"

"哈哈! 生啊,死啊,问题可多了去了! 别管你的贵族了! 忘了卡普尔和他老妈吧,快看看这个!"

科罗说罢,往奥汉·赛叶迪奇手里扔了一百第纳尔:

"一百,押狼赢⋯⋯"

赛叶迪奇立刻就把科罗的名字记在一个账簿上,然后用另一只手——只有三个指头的手——一把收起这笔赌注。在戈里察,闲话传得快着呢:有人说是他老婆咬的,因为他出轨;也有人说那两根手指是被木匠的刨子削掉的。奥汉喜笑颜开,他指了指角斗场。

科罗从人群中挤出一条道来,一直走到最前排。还是照老规矩,他上去就给紧挨着他的那个人一个巴掌:

"别等我再给你一巴掌! 滚!"

他不喜欢恶棍,即便他自己完全算得上恶棍楷模。跟别人打打架,或者干点小偷小摸,这对于他来说都是常事。年龄大些的混混们无一例外地也都是这样的想法。他们喜欢谈论公平正义,倾倒在既有头脑又有痞气的主儿面前,不过对犯罪分子可就不是这个态度了。他们也梦想自己正直善良、讨人喜欢、不说脏话、能读读书,可命运注定让他们走上邪恶的人生之路。他们中的大多数,最后都进了监狱。他们深信,在自然界中,狼群与人类一样,也有自己的秩序,它们也会清除队伍中的害虫。

"瞧见他们的德行了吧？"科罗指着几个掉了牙的恶棍，"他们谁也不会为自己的老妈掉眼泪的！"

他们发出疯狗一样的狂叫，比罗威纳犬和狼的叫声还大。他们手里都挥着票子，就像举着大旗似的。

"林中之王……原来就这样。"科罗一边说，一边指给我看狼的臀部和尾巴。

这狼好像随时都要拉屎。而脑袋硕大的罗威纳犬，好几次冲上前咬它。狼终于几乎不张嘴，亮出牙齿回应狗的攻击。突然，所有的支持者，包括最激烈的，都不再叫嚷了；那群恶棍也停了下来。奥汉的儿子突然蹿出来，慌慌张张，连话都说不清楚了：

"有警……有警……警……"

"他妈的！"奥汉大叫一声，"警察！"

接着，这男孩不结巴了，他尖叫起来，像每月一号都会鸣响的警报器：

"警——察！"

人群中，每次铁托访问萨拉热窝之时，也就只有几个小偷小摸的家伙会被扔进局子里。而此时此刻，就算谁都没干过坏事，所有人都会觉得自己犯了罪。他们虽然知道自己没有前科，但是犯事儿也是迟早的。显然警察也对此十分清楚，所以他们手里挥着警棍，追着这群人在戈里察山坡上跑。眼下，对这些坏蛋来说，最要紧的就是别栽进在尘土飞扬中飞来的菜筐里。

"妈的，看啊！瞄着点儿这两个可怜的畜生！"一个警察高声喊道。他捋着小胡子，费劲地从警车里钻出来。

他盯着那只狼，它浑身是血，双眼紧闭，明显已经生命垂危。四下奔逃的场面让罗威纳犬变得更加亢奋，它顶着黑白相间的脑袋，更加凶狠地把两排牙齿嵌进狼的脖子，左摇右晃了好一阵儿，然后松开。

"奥汉，等我要了你的命！还差我两张百元的票子呢！"

"我也是，"一个声音从废弃的砖厂里传来，"你得给我三张！"

罗威纳犬正要再次进攻，可面前的对手已经一动不动，于是它只好不情愿地拖着狼。确信自己已经战胜了林中之王，狗开始围着狼转圈，寻找着主人的目光，可它的主人早没影儿了。狗打量着围过来的警察，耷拉着舌头，等着被称赞。

"你说说，一只狼竟然被条罗威纳犬收拾成这样！"小胡子警察惊叹道。

狗在狼身边坐下，看着警察。可转眼间，形势发生了惊天逆转——所有人都忘了这狼是拒绝成为狗的。罗威纳犬还以为林中之王已经死了，因而吃了苦头。狼张大了嘴巴，好像是在喘气。它一口咬下去，既有力又准确，鲜血从狗的脖子里喷涌而出，而这时，狗的两只前爪还在空中胡乱扑腾呢。不断增强的紧张和压力使得狼身上的血管几乎都要迸裂了。最后哆嗦了一下之后，狗就一命呜呼了。

狼在地上绕着圈，凶残地把罗纳威犬的皮肉撕得稀碎。而科罗、茨尔尼和我从戈里察的斜坡上连滚带爬跑下来，被空中传来的一声枪响吓得定在当场。

"再走一步，我就让你屁股开花！"小胡子喊道。

"可是警官，"茨尔尼哆哆嗦嗦，"我什么都没做，我向您发誓！"

小胡子和另外三个警察把我们围在中间，也不预先通知，警棍便劈头盖脸地朝我们砸过来。我们把胳膊举起来抱在头上，尽量保护自己。几个年龄稍大些的捣乱的家伙被"扣走了"，其他人都溜了。

"小子，"小胡子突然一把攥住我的胳膊，"你叫什么名字？"

"莫莫……莫莫·卡普尔。"

科罗看着我，一脸吃惊。茨尔尼捂着嘴偷笑。另一个警察和小胡子满腹狐疑地打量着我。

"站到那边去，背靠着墙！"小胡子指着旁边一个简陋的小屋，命令道，"你们的证件！你们的身份证在哪儿呢？"

　　　　　　　　　　婚姻中的陌生人

"我们还是孩子呢。刚十四岁。"

"孩子？就你？像你这么结实，恐怕连公牛的犄角都能拔下来吧！"

小胡子一边记下茨尔尼的名字，一边转向我。

"切多·卡普尔……是你什么人？"

答案如当头一棍：

"我叔叔！"

"你不害臊吗？！"

"不，我是……"

我正准备说：阿列克萨·卡莱姆，布拉措·卡莱姆和阿兹拉·卡莱姆的儿子。因为科罗和茨尔尼，他们能证实这才是我的名字。

"你是什么？"小胡子打断我，"你真应该感到羞耻。要是你叔叔知道你这样给卡普尔家族抹黑，有你好受的！行了，滚回家去吧！别让我再在这儿见到你！真丢人！"

这是我第一次带着假名字回家。"可是冒用他人身份，那是要进少管所的！"这两句话一直在我耳畔回响。然而，成为别人，这让我很高兴。一转眼，我就扮演了作家的角色！太棒了！真神奇！

我们的警察先生不读书。真是侥幸，因为如果小胡子知道莫莫·卡普尔是最畅销的作家，我又怎么能逃过一顿狠揍呢？我自问。

可我又怎能猜到切多·卡普尔和莫莫·卡普尔之间有亲属关系的呢？切多经常出现在电视新闻中，他建水电站，铺沥青路，在各大体育馆和炼钢厂的落成典礼上剪彩，把电通到波黑最偏僻的村子。我怎么会知道的呢？

我母亲被开门的吱嘎声吵醒了。

"你现在才回来？从哪儿回来的？"

"图书馆。"

"图书馆……就你？！"

"怎么？不行吗？"

"晚上十点半还开着的图书馆……你在哪儿见过？"

"他们开了一家文学咖啡店。其实，就是一家书店。人们在那儿喝咖啡和考克塔①，读书、讨论。"

"那我就能通过你知道有什么新鲜事儿了，也能了解第一手信息了！"

"莫莫·卡普尔出了一本新书。"

"我喜欢《安娜的日记》。"

"确切的书名叫《外省人》。"

"这本书怎么样？"

---

① 斯洛文尼亚的一种软饮料，主要原料为草药。

"封面漂亮极了……"

这个冬天非常寒冷；不知为何，这让我更加觉得，当莫莫·卡普尔要比当阿列克萨·卡莱姆好。科罗和茨尔尼总愿意去学校下面那一排新楼房尽头玩牌，他们每天都会来我窗下吹口哨。因为他们还需要一个人。

"我总在想莫莫·卡普尔的命运，他可真是个贵族啊！"我父亲正坐在餐桌旁，吃着他的白菜裹肉。

阿兹拉可受不了自己丈夫举止轻浮，不过那天晚上，我敢肯定他不会为女人流眼泪。为什么一提起故事中的女人们，他就非要哭呢？

"有人生来就是贵族吗？"

"我说过不是吗？"

"没有，你什么都没说过。他不是因为躲过一颗炸弹才成为贵族的，他生来就是！"

"妈的，我说的就是啊！不过，好吧……我承认，他不是贵族。"

"他怎么不是贵族？！只不过不是你认为的那个原因！"

布拉措不再争论，不过夜宵也不吃了。因为他在外地出差好几天刚回来——贝尔格莱德有件事要解决——等他从贝尔格莱德回来的时候，讨论已经不再继续了。不过，这次从萨格勒布回来以后，他与母亲的争吵一直持续到深夜。

"这表明他在萨格勒布的情妇都要把他榨干了，"科罗信誓旦旦地说，"她让他精疲力竭，让他双膝跪地……不过萨格勒布那位……"

"真的？"

"要不就是，他爱上了萨格勒布那位！"

"你净胡说！我父亲尊重女人。你都无法想象他是怎么讲述她们的光辉事迹的！"

我对布拉措·卡莱姆的维护实在有点站不住脚。我的论据听上去就像萨拉热窝电视台播出的电视剧《博学家》里的对白一样，空洞而不可信。

不知道为什么，父亲待母亲非常随和。每次他们之间的关系只要一紧张，他们就比赛，比谁第一个到我这儿。有时候，他们两个都死死卡在我卧室门的门口。这一次，是父亲先来到我跟前，坐在我床上。我床头放着一本《外省人》，是黑特出版社出版的，他盯着封面上印着的"明星"鞋，对作为成年人的艰难展开了哲学思考。

"对于一个男人来说，最根本的就是要成长，要站稳脚跟！"

"身材也要高。"

他看着我，非常严肃。

"我跟你说的不是身高，是人品。一个两米高的男孩子可能依然孩子气十足，而一个一米六的反而可能很成熟！你这么聪明，那你告诉我：你怎么知道你是成年人呢？"

"一旦感官上得到满足，那么基本冲动、性欲……"

"你需要获取信念。那怎样才能做到呢？"

"对呀，怎样？我什么时候才能对自己有把握呢？"

"当你开始学走路的时候，你自然就会有钉了铁掌的鞋。"

"就像马那样？"

"别说蠢话！你走在人行道上，整条街都会回荡着你的脚步声！只凭这声音，人们就能看到你的自信！"

"不是吧？自信这事儿，能听见？"

"走路的时候，步子一定要有分寸，还要仔细听。你明白吗？"

"不明白。"

"控制自己的步态，暗暗地将右肩微微上抬，不过一定要把握好分寸，不能让别人看出来。"

"我也得像你那样，用增高垫吗？"

"你知道的！那是因为我的脊椎，而不是因为身高！"

猛然间，我想起他讲述的关于女人的英勇事迹。毫无疑问，男人们的增高鞋垫与女英雄们的光荣事迹不无关系。为什么我父亲在讲述她们的事迹时会流泪呢？

"胯部不要动；人们都看着你呢，尤其是女人。她们喜欢听铁掌敲击地面的声音。"

"就像弗雷德·阿斯泰尔[①]？"

"跳舞让她们自在。不跳舞，就没亲嘴儿的事儿！"

只有在夏天，我才会恢复活力。我把高中四年级抛在脑后，就像一件被遗忘在火车行李架上的行李箱，而这列火车在行驶着，不知道它的目的地究竟在何方！只有莫莫·卡普尔的故事还一直那么鲜活。

一个酷热的七月清晨，我睁开眼看看闹钟，八点三十分。站在厨房里能听见周边的女邻居们正说长道短。

"莫莫·卡普尔在《巴萨尔》里讲什么有意思的东西了？"

"讲了在贝尔格莱德，学院院士们都有情妇。"

"都有？"

"他有点过了，不过我明白他想说什么。"

"在他看来，这种事藏着掖着并不好。"

"可如果他们把这种事情搞得人尽皆知，那人们就没办法再把情妇的事儿当话题了，尤其是如果这些院士是科学家。"

---

① 弗雷德·阿斯泰尔（Fred Astaire，1899—1987），美国著名电影演员、舞蹈家、舞台剧演员、编舞、歌手。1950年获颁奥斯卡终身成就奖。代表作有《鬼故事》《狗王擒贼王》等。

"科学家？那有什么关系呢？"

"你们真是什么都不明白。莫莫针对的不是情妇，而是那些伪君子！是那些没胆量离婚的院士！"

"那莫莫自己呢，他也是学院成员吧，不是吗？"

听到关于卡普尔的这些事，我突然生出个主意。这个点子妙极了，不过就是有些冒险。因此，哪怕我要去商店，都不走平日里那条路了。我翻过阳台，顺着墙上的排水管滑到二楼，再滑到一楼。至于那些没有被历史记住名字的女人，我一点儿都不想从她们身边经过。

我的两条腿一直把我带到商店；科罗和茨尔尼正在打牌。我得先确认一下他们是不是无所事事。我只要瞟上一眼就够了。不用怀疑，他们肯定会接受我的主意，都不用我费口舌。

"你过得怎么样啊，莫莫·卡普尔？"

"比你想的好。我有一个……下地狱的计划。"

"冒用他人身份，你知道会判几年吗？"

"不知道，不过现在，我们要关心的不是这个。"

为了我的地狱计划得以实现，我需要征得阿兹拉同意，让我去亚布拉尼察湖。

"学校周末不上课。"

"你真以为他会让你去吗？"

“他在哪儿啊？贝尔格莱德还是萨格勒布？”

“贝尔格莱德。”

我故意停顿了一下，似乎要把话题转移到贝尔格莱德和萨格勒布上。

“我们是去钓鱼，又不是抢银行！”

“那你一到那儿，就去邮局给我打个电话。别让我为你担心！”阿兹拉把我紧紧抱在怀里说道。

科罗家里藏着一个小店铺，里面有在德国偷的各种各样的商品。在这些藏品里，我们找到了续写莫莫·卡普尔的故事所必需的西装。

“你们穿成这样是要去哪儿啊？”科罗的母亲问。

“出去逛一圈！”

在戈里察，“逛”一圈的含义与世界上任何其他地方都不同。“逛”，不是因为好奇心而进行的普通意义上的旅行，也不是去探访某位家庭成员，更不是为了休息。在戈里察，“逛”一圈，是……入室盗窃！除非被送进监狱，否则的话肯定会满载而归。

“他们两个，罢了。出去逛，那就是他们的命。可你不一样，阿列克萨；你不会也想成为盗窃犯吧？”

“谁说我们要去盗窃了？”

“我说的。我知道我在说什么，而且我就这么说了！”

“妈妈，你就别瞎操心了！”

我没办法把视线从镜子上移开，我的两条腿开始不由自主跳起舞来，仿佛被弗雷德·阿斯泰尔附了身。

"听见自己的脚步声还真不错。"我故意提醒另外两位。

"可要是去入室盗窃的话，最好还是别了！"

"我父亲说，每走一步都该仔细品味！"

从诺尔马勒那车站出来的路上，我一直抬着右肩膀。科罗不喜欢这样。

"你有什么好显摆的？"

"显摆……我？"

"你给我把那个肩膀落下去！"

想让我乖乖听话可不容易，但他可是我们中间最厉害的！当科罗转头看草地上的阿德里亚马戏团时，我的肩膀又重新回到原来的位置了。萨拉热窝所有眨眼睛的女孩，都让我感觉自己在马林·德乌尔街的橱窗上看到了自己的身影。

在萨格勒布酒店门前的人行道上，我嗒嗒的脚步声和着教堂的大钟，我鞋底的铁掌发出的清脆的撞击声，仿佛随风飞到特雷贝维奇①山顶，在重新落向地面之前，如同一支乐曲，从一个女孩儿的耳中飘向另一个。我父亲说得没错，一听到自己的脚步声，就连感觉都会发生变化，你会感受到自己的气场！

---

① 坐落于波黑中部的山峰。

周边的人也会不知不觉受到影响：科罗、茨尔尼和我，我们三个迈着整齐划一的步子，仿佛《空中游击队》里的飞行员！

"咱们就像在拍电影！"茨尔尼说道。

"你的电影啊，万一要是被抓了，就等着去牢房里拍吧！"科罗回答道。

到了诺尔马勒那车站，几个流浪者迎上来。高音喇叭里，一个女人的声音为我们的步伐增添了几分庄严："从萨拉热窝途经梅特科维奇开往卡德尔耶沃的列车，再过五分钟就要发车了。请旅客们抓紧时间上车。"

餐车里空荡荡的，我们坐到了最好的位置。科罗和茨尔尼看着窗外，餐车服务员突然出现之时，我正沉浸在塞林格的《麦田里的守望者》中。她个子高高的，红棕色头发，长着一双像伊丽莎白·泰勒一样的玫瑰红色的眼睛。另外两位把西装袖子撸起来，露出胳膊，晃动手腕校正手表的时间。其实，他们是想通过这种方式来适应借来的衣服。而我呢，我是为了向那些比自己年龄大些的混混看齐；因为在戈里察，人们常这样评价他们："再看书，也是个混混！"

"请出示一下你们的车票。"

"我叔叔拿着呢。切多·卡普尔！"

"你叔叔？"那女孩以充满怀疑的眼光上下打量着我，重复道。

　　　　　　　　　婚姻中的陌生人

"嗯。"

"那他在哪儿啊，你叔叔？"

"他正在参加萨拉热窝电视新闻的采访。"

"那是哪儿？"

"在大楼里，就是那儿，对面。"

"是一位小个子的先生吗，还长着灰色的胡子？"

"就是他！"我大喊道。其实我根本不知道切多·卡普尔长什么样。

"那我认识他！"

"太好了，小美女！至少，你现在应该知道你在跟谁说话了吧！"

"有一天我在去贝尔格莱德的车上当班，他就在火车上。"

"那两个，他们是我在特雷比涅的表兄弟。"

科罗伸出手，以尼古拉·科若维奇的名字做了自我介绍，他说他家住在特雷比涅斯卡-舒马，而茨尔尼呢，成了莫姆奇洛，是他的一个亲戚。

"我们要去卡德尔耶沃接我母亲去医院。她快要不行了，前段时间做完手术后，我叔叔竭尽所能让她在内乌姆多待了几天，据他说，她没剩多少时间了……"

"我叔叔上个月刚刚去世。你们想喝点儿什么？"女孩说话间，我与她四目交错——仅仅零点几秒的时间，但就是这样短短的零点几秒，确保了英格玛·斯坦马克在滑雪世界杯比赛中的胜利。

白天很热，车轮润滑油的气味飘进餐车里，混着印有 JŽ① 字样的包装纸里的香皂的气味。女服务员刚走到柜台后面，三位身穿灰色西服套装的男士就走进了车厢。听见他们的对话，我们很快就明白了他们在联合集团工作，正在陪同一位德国佬，那个德国佬是高尔夫球质量监督员。

"标——准，"德国佬含糊不清地用塞尔维亚语说道，"你们根本想象不到它是什么样子！"

"我们要进行整顿，在员工中间，在生产过程中。如果有必要的话，也要整顿整顿这该死的标准！"

"什么，你想整顿标准？"

女孩儿再回来的时候，明显有些慌乱，她把饮料放在桌上，然后向我伸出一只胳膊：

"疾病啊……在失去亲人之前，我根本不知道疾病是什么。麻烦你，测测我的脉搏吧。"

她的心脏在我的食指下怦怦跳动。我父亲喝酒太多之后，就会心律不齐；把脉这事儿，我都干好久了。尽管她的脉搏跳动得很快而且不均匀，但我还是打消了她的疑虑：

---

① 南斯拉夫铁路公司（Jugoslovenska Železnica）的缩写。

　　　　　　　　　　婚姻中的陌生人

"你没事儿。你的问题是什么？"

"只要一谈到死，我就心慌意乱……"

"但愿我不会这样！"茨尔尼插嘴道。

"可是没命的话，就什么都没有了！"

车头剧烈地晃动着，张口闭口标准化的德国大肥佬被突如其来的晃动抛到地上。另外两个灰色西装急忙从座位上起身，想扶他起来，可火车一加速，他们两个也被掀翻在地。

我冲到窗边，打开窗子，趴在窗口：

"叔叔！我叔叔！"

服务员女孩静静走过来，把头探出车窗外。她的发丝飞进了我的眼睛里。

"别再喊你的叔叔了，小混蛋！你想要我呢，我就知道！"

"叔叔！叔叔！"

"我叫阿穆拉，住在戈鲁察路。斯科里奇，你知道吧？"

"斯科里奇……斯科里奇……"

"哈拉什尼察·伊戈曼队的右边锋，后来到泽利亚踢前卫。"

"对，没错！我知道他！"

"我十五岁那年，他带我去了法国，那时候他跟梅斯签了约。"

她拿出一张照片。照片是在斯普利特海滩的石头墙边拍的，她穿着比基尼，左腿踢到身前。

"男人啊，你们都一样！"

"怎么可能……一样？"

"一开始，我们是男女朋友，可后来，他就把我当成个废物。我很快又找了个法国人，是一间分析实验室的老板。他很有钱，不过整天郁郁寡欢。两个月到头。"她放声大笑，转过脸来看着我，"我就收拾箱子走人了。你叫什么名字？"

"莫莫·卡普尔。"

"你把我当白痴还是文盲啊？"

"我怎么可能这么做呢？"

"我五年前就读过《安娜的日记》了。"

"那你肯定听说过他关于院士们的论战了：'所有的院士都有情妇，他们根本不爱自己的妻子，却又不敢离婚……'"

我装作很聪明的样子。

"说到情妇，你父亲，他叫什么？"

"我跟你说过了，卡普尔。"

"不对，是布拉措·卡莱姆。他可是我们家的常客。"

我凝视着她，大脑都凝固了。不过我很快就恢复了理智，继续紧咬不放。就算让我死在这儿，我也绝对不会承认我不是莫莫·卡普尔的。

"都是子虚乌有的！"

"什么……子虚乌有？你父亲，他也许不在执行委员会工作？"

"你应该是搞错了……"

她微笑着，左右摇摇头。

"叔——叔！"我趴在窗口大喊道。比起她的故事，叔叔的故事似乎更容易让我接受。

所以，除了我母亲阿兹拉之外，我父亲还有另外一个女人？不，这不可能！难道在他为女性的英雄气概所倾洒的泪水背后，隐藏着他人生最重大的秘密？看来女邻居们的闲言碎语真的反映了事实真相：男人不可能没有情妇？我怎么可能知道？！我呀，连走路的方式都不了解！

阿穆拉凑过来，我想，她是为了跟我说几句悄悄话。她把舌头伸进我的耳朵里，霎时间我浑身如触电一般。

"要是没有你表哥，可怎么办啊？"她喃喃耳语。

"我叔叔，不是我表哥！"我反驳道。说话间，我重新坐回科罗和茨尔尼的桌边。

看来，情况如此变化，并不十分合他们的胃口。他们躲开我的目光，专心致志地欣赏起窗外闪过的风景。我翻开《麦田里的守望者》，心如鼓擂，我装作在看书。

科罗和茨尔尼给我使了个眼色，意思是让我不要慌张，用些酒水。

"谁敢相信像你们这么大的男孩子竟然出身这么好啊？"

阿穆拉喝的比我们三个加起来都多。

"你呢，你多大了？"

"二十七！"她俯下身来，向我们宣布，"这个账单，是另一桌的，那儿……"

然后，她朝着邻桌走去。

"你觉得她是处女吗？"

"干净得跟女服务员的钱包似的！"

阿穆拉把账单递给德国佬。

"这个产品……"联合集团的工程师头发有些花白，他问道，"按标准来说，算好的吗？"

"这是超越标准的，雷希德贝戈维奇先生！"[①]

"好啊，我们也是，我们也要引进这套标准！小姑娘，到联合集团工作，你觉得怎么样？"

阿穆拉从窗前经过，她的黑色短裙遮挡了外面透进来的光线。微醺的德国佬想要伸手摸她，她避开他的手，朝我这边看过来。

"你们这些巴尔干人，要说标准化，你们都不合规格！"

德国佬摇身一变成了如假包换的精神工程师；而我呢，我的眼睛仿佛被钉在了制服短裙的开衩上。

_____

① 原文为德语。

"喂，"茨尔尼正吞下一口维也纳蔬菜沙拉配肉块的时候，科罗悄声说道，"如果他们发现了咱们，就得开溜！"

"别担心，都在我掌控之中呢！"

"掌控？"科罗探出下巴指指阿穆拉，随即反驳道，"你的魂儿都快被她勾走了吧……"

阿穆拉又回来跟我们坐一起。

"我最喜欢的书，"我对她说，"是《麦田里的守望者》。你读塞林格的书吗？"

"谁？"

"这书讲的是变成成年人的事儿。"

很明显，她不读书。

突然，传来一个熟悉的声音：

"您是这里的服务员吗？"

"没错！"阿穆拉趾高气扬。

"我们要把两个扒手送到科尼茨去，我想把他们先安排到邮政运输车厢里。可等他们挨了一顿打之后，就吓尿了，我就寻思着，让孩子们看到这样的场景恐怕不太雅观吧。"

"这儿没有邮政运输车厢。那你的意思是说，看小偷们尿得浑身都是，这是成年人的特权咯？"

"不不，小姑娘，不是这个意思。你就告诉我邮政运输车厢在哪里吧。"

"就在那儿。"

"嘿，莫姆奇洛！你在那儿干什么呢？"

说话的正是小胡子，在黑峰抓我们的那个。

"你好啊，小胡子！怎么，你不在戈里察干了？"

"他们给我升了职！唉，活儿多了，不过，谢天谢地，钱也多了！"

茨尔尼头一个神不知鬼不觉地溜走了；然后轮到科罗，他匆匆跑到卫生间去了。

"你叔叔呢？"

"我想，他应该在那儿呢，还在车站呢……不过他马上会在卡德尔耶沃。"

"怎么回事儿，他还在萨拉热窝，他马上会在卡德尔耶沃？难道他能够同时在两个地方？"

"不，"阿穆拉一边帮警察们带路，一边回答道，"他是想说，他叔叔会乘坐自己的梅赛德斯赶到那里跟他碰头……"

等她再回来的时候，她抓住我的胳膊：

"跟我来！"

"你带我去哪儿？"

"糟糕透顶的地方，我最喜欢了。你不喜欢？"

"我，我都只干些寻常事……"

"那无聊死了！我最美好的时刻，就是在斯科里奇那个老头子身边的时候，他现在已经死了！"

"在一个男人的怀抱中，女人能够得到保护以对抗死亡。"

我出其不意而又富有哲理的抨击落了空。阿穆拉把我抱得更紧了，还抓住了我的手。

"你为什么想跑？"她问。

"我……我身边还没有人去世呢。"我含含糊糊，由于情绪激动，声音都发颤了。

"你会发觉那地方的妙处的……"

她把我带到两节车厢之间的连接处，拿出一把特殊的钥匙，封闭了两侧的通道门。她背靠着其中一扇门，掀起短裙，只一个眼神，就把我牢牢钉在另一扇门上。她雪白的大腿在我眼前就像闪着光芒，整条腿也要比看上去长得多。车轮碰撞着铁轨，发出熟悉的节律。我的思绪飘向诗歌，她却用一只腿窝卡住我，膝盖沿着我的髋部向上滑动，舌尖伸向我的耳朵：

"我要想象你就是詹姆斯·布朗……"

"什么？"

"没有什么！"

"你就没有长得帅点儿的人选了吗？"我声音颤抖着问道。

"可能他是丑了点儿，但他的歌唱得多好啊！"

她放下一只手，解开我裤子的前门襟。我感觉自己就像是索尼·温斯顿，被穆罕默德·阿里一个正面直拳直接 KO 了。

没什么痛苦！在接近科尼茨的大拐弯处，我的童年飞走了。

我的时候来临了……我心想。

科罗的声音终止了我们。他从车顶探下头来。

"小胡子认出我们来了。得赶紧撤了！"

"小胡子……哪个小胡子？"

"那个条子，笨蛋！就是他在戈里察把我们逮住的。你抓住车厢边缘的脚踏板，车会在拐弯的时候减速，然后你就跳下去！"

做伪证，会判几年呢？我一边朝车尾跑，一边暗自思忖。

我父亲说得对：要想成为成年人，就得跳舞。从最后一节车厢跳下去并不是件微不足道的小事，不过比起上次我们偷完母鸡逃跑的时候，穿过森林让我更加坚定，听见脚下噼里啪啦的声音也让我更加安心。沙子和阿穆拉的口红在我嘴中混合在一起。事后不需要跟她讲话，这很合我意。不然我能跟她说些什么呢？发出像熊一样的咕噜声？跟她聊女人们的英雄事迹？说说圣女贞德，再为莫莫·卡普尔的母亲洒上几滴眼泪，再三强调女人们在故事中的卓著功绩，自己却在现实中违反禁忌？正是这些交织在一起，才让我父亲流下眼泪！

我们在森林里一阵狂跑之后，维也纳肉块——德国工程师替我们付的账——顶了上来。茨尔尼先吐了。在一棵山毛榉旁，科罗也把胃倒了个空。

"他妈的！说不行，就真不行了！"

"撑圆肚皮又不用付钱，真是不错。可别过后都吐出来啊！"

"对了，那个阿穆拉……她活儿好吧？"

"我怎么知道？我们都在谈文学。"

"得了吧，大作家！你是把我当小胡子吗？！"

我曲折蜿蜒的思绪飘向了那班带走了曾经那个小男孩的列车的后方。我们三个终于走到了公路上，笑得像疯子一样。小胡子可把我们逗坏了。

"他是怎么说的来着？看见小偷尿裤子，不太雅观——？！"

"说真的，哥们儿，"茨尔尼插嘴，"自我姑妈的葬礼以来，我就没笑成这样过！"

从林中的小路上窜出一辆卡车。科罗立马认出这是辆私企的车——牌照不是红色的。他挥动着手臂，卡车停了下来。

"老乡，你是从萨拉热窝来的吗？"

"是啊，"一个长着方形脑壳的家伙边回答边摇下车窗，"警察设了卡，他们在抓三个男孩儿，说是在去卡德尔耶沃的火车上。"

"你从哪边来的？"

"亚布拉尼察。快点儿，一个跟我坐，另外两个去后边的篷布底下。"

"我们三个都去后边。"

方脑壳的家伙点点头，邀请我们上车。

"其实，我跟你不是老乡。我可不是傻瓜！"他补充道。

"你说什么？！"

科罗已经在摩拳擦掌。

"你哥哥，是不是叫切罗？"那家伙接着说。

"是。"

"1966 到 1967 年，我和他在泽尼察一起坐了两年牢。"

"你没开玩笑吧？科马迪纳……是你吗？你和米拉莱姆一起的？"

"一年零十一个月！我是出来了，不过我很懂这套。快点，上来！整天当司机，我可是受够了！"

"你是缺少肾上腺素。"科罗对他说完又转向我，"是这么叫吧，啊？"

我点点头表示赞成。

科罗和司机坐在驾驶室，茨尔尼和我钻进后车厢，卡车启动了。司机猛地松开离合器，惯性把茨尔尼和我狠狠摔到了另一边。

"喂，老乡！"我大喊，"慢点儿！"

司机转过头来又重复道：

"我啊，我可不是傻瓜！"

"你知道吗？"茨尔尼对我说，"莫莫·卡普尔，他把你搞砸了；你也是，你也坏了他的名声！原本我想，咱们大可以悠闲地到约瓦尼卡路的报亭弄点儿钱，然后去亚布拉尼察的戈依科店里吃顿烤肉！今天咱们虽说是吃了顿免费大餐，不过都吐没了啊！"

茨尔尼很快睡着了。我也闭上了眼睛。我们在车厢里睡着，习惯了从一边滚到另一边。突然，卡车停下了。透过篷布，警车旋闪灯的蓝光照了进来。然后传来一个警察的声音：

"你们没有碰到三个罪犯吧？都是穿着西装的。这几个危险的家伙冒用假身份，还在火车上偷东西。"

"没有，一个人都没看见。"司机边出示证件边回答道。

"后边，你运的什么？"

"什么都没有。你可以检查。"

第二个警察走远了，回来时拿着一把手电。他掀开篷布。我们两个靠着车厢后栏板蜷缩成一团。

我们就这样缩成一团，小小的一团。手电照亮了车厢，光束从左向右扫过。警察的手停在后栏板上方，就在我头上。我用鼻子呼吸，脖颈紧贴在车厢板上。手电筒离我只有一毫米，警察察觉到了从我鼻孔里冒出的热气。

"妈的！他们在这儿！抓住另一个！"

警察惊恐地大叫起来，我脑袋上挨了手电筒一下。我一下子跳起来。手电筒碎了，没有了亮光。只剩下叫喊声和咒骂声。我从卡车上掉下来，撞到另一个警察，他摔倒在地。茨尔尼蹦到警车的前引擎盖上，因为猛烈的冲击，旋闪灯的蓝光也熄灭了。司机和科罗紧贴在一起，逃入森林。随后一声枪响……

我以为有人被打死了，心脏咚咚咚的像是打鼓，脑子里乱成一团糨糊。我好不容易爬上陡坡。一个人影都没有，呼喊另外三个人还为时过早。天空中，一轮明月，没有星星。现在，对我来说最重要的，就是继续向前。

我心想：我究竟为什么要披上另一个人的外衣呢？

想起阿穆拉让我平静了许多：她的大腿，没有什么也没有任何人能够将它们从我的脑袋中移除。我相信，就连马特·普尔鲁夫[1]也不行。我的步伐变得规律起来。因为我脑子里一片混乱，再加上从一棵树背后突然传来的嚎叫声，我还以为是一只恐龙从陆地博物馆跑出来了！

我急忙跳到一旁，双手放在挡风板上，保护住脑袋。我蜷缩着身子，尽力占据最小的空间，展示给凶猛的野兽体积尽可能小的猎物。

"蠢货！"我喊道，"茨尔尼呢，他在哪儿？"

———————

[1]　南斯拉夫拳击手。

"不太远。"

片刻之后，林子里回荡着"茨尔尼——尼——"的呼喊声。茨尔尼躲在一间猎人的小棚屋后面，就等着我们到他跟前再回应我们。他害怕这是警察的圈套，于是就一直等着，手里紧紧攥着那把螺丝刀。这个尖锐的工具无时无刻不体现着他的攻击性。无论是谁胆敢气势汹汹地走到他面前，他一定会用这把螺丝刀刺穿对方的身体，我对这一点深信不疑。有一天在学校门口，他捅了一个阿尔巴尼亚人，因为那家伙骚扰他妹妹。

我们费尽周折终于到了莫德达——普雷涅山①的一座主峰，科马迪纳在那儿有个当过兵的朋友。

"妈的！你算是让我们搅到屎里了，莫莫·卡普尔！"

"屎？"我向茨尔尼反驳道，"那可不是莫莫的，是你拉出来的！"

"要是我被送进监狱，我就嚼了莫莫·卡普尔的作品全集！"

"他没有全集，当作家，他还是个新手呢。"我说。

"如果我是作家，我就从写我自己的作品全集开始。"

"为什么？"

"什么为什么？！这样的话，图书馆的书架上都是我的书，我就能看着老板操老板娘了！"

----

① 位于波黑南部的山脉，是迪纳拉山脉的一部分。——编者注

整座山上都回荡着我们的笑声，直到科马迪纳叩响一间废弃棚屋的门。顷刻间，一声枪响回应了他。我们吓得全都趴倒在地上。

"这很正常。"科马迪纳解释道。可紧接着传来第二声枪响，他开始大叫起来：

"伊斯梅特，别干蠢事！是我，科马迪纳！"

然后他悄悄对我们说：

"现在……有请我们的长发鸡蛋头！"

"这样也行？"

门口出现一个家伙，一条长辫子从后脑勺搭到肩上，其余的头发都剃光了。他咧开嘴笑了。倒还不如免了这出，因为他只剩一颗牙。

"我是想看看谁大晚上的跑到这儿来……我正在吃夜宵呢，我吃饭的时候不喜欢别人打扰我。快来，进来，进来吧，正巧，我这儿还有些剩肉！"

我们走进门，屋顶上的灯忽明忽暗。棚屋的一个角落里，一只狼狗正在嚼着生肉。长发鸡蛋头重新坐到桌边，桌子摇摇晃晃，他继续吃起夜宵来。他只有一颗牙齿，该怎么吃，谁都想不通。然而……当他从狗嘴里挖出已经嚼碎的肉，大快朵颐，我们所有的疑问都烟消云散了。

很快，我们瘫在地上睡着了。我做了一个无比残忍血腥

婚姻中的陌生人

的梦：整整一晚，科罗嚼着我的大动脉，血如泉涌……我无法把这个噩梦憋在心里。一到伊万尼察，我就把这个梦讲给了科罗。

"不是好兆头，"他说，"你看见的血是什么样的？"

"这下子可好了，妈的！它从我脖子流出来的！"

"什么颜色？"

"深红色。你没见过血吗？"

"这意味着我们逃不掉了！"

在伊万尼察火车站，我们几个就像《日落黄沙》开头出现的那个团伙。科罗眯着眼睛，科马迪纳灌了瓶水，茨尔尼仔细观察周围环境，而我呢，我负责捣乱！我抬起右肩，可突然想到这是我父亲的主意，便赶忙放下了。

我再也不会见他了！再也不见！

我用食指按下家里的电话号码，心想究竟要到什么时候，我才能是个成年人？

"是你吗？"电话那边传来我母亲的声音。

"是我。"

"你怎么样啊？"

"好极了。"

"你知道莫莫·卡普尔离婚了吗？"

"你怎么知道的？"

"报纸上说的。他妻子撞见他和情妇在一起。"

"报纸上都是胡说的！那你呢，要是报纸上也那么写布拉措，你怎么办？"

"那我绝对不会和他多待一秒钟！可我的布拉措才不会干这种事，他的最爱啊，是汽酒！"

"那你的情人呢，他什么时候回来？"

"我的情人？！你瞎说什么呢？"

我赶紧作罢。

"你看你啊，当然是我爸了！"

"这两天还回不来。他总是出差，还有三天呢。你呢，你什么时候回来？"

"很快了。一两天以后吧。"

"不许一两天以后，就明天。他回来的时候你得在家。"

"嘟——嘟——嘟——"

最后一第纳尔也用完了，我们的对话就此中断。也挺好，因为如果她再接着说的话，如果我还有一两个第纳尔，我可能就会告诉母亲我父亲有情妇的事了。我喜欢这样的时刻：感觉自己举足轻重。但危险也常存在于此，因为我有时候会管不住嘴巴。照实说出事情真相，很刺激，我喜欢。是为了让自己比布拉措更重要？这一次，我会假装什么都不知道，不过也瞒不了多久。因为我坚信母亲会离开。到那时我们家也就该垮了。

再说了，告密可不太好。"告密者一出口，坏蛋警察就恨透。"我父亲常这样说。

我可不希望别人恨我，因为我还不懂得恨。在这个事件中，愤怒化解了我的仇恨。然而，怎么承认我父亲还有另外一个女人呢？当他谈起女人们的英勇事迹便泪如雨下时，很明显不是在演电影！然而这才是最令人百思不得其解的。

突然，火车站站长出现了，他仔细打量着我们。他的两条眉毛先后挑起来，很明显正在盘算该怎么通知警察。他一看到科马迪纳，眉毛立即定住了。

"他们几个是谁？"他用食指指着我们，盘问道。

"我的家人。他们陪我来的。"

"入伍？英勇的士兵？"

"不，进监狱。不过就三年。"

"没问题。"站长说道。就在这时，契罗小火车正艰难地爬上陡坡，随后在刹车声中停了下来。一切完全按照"服务守则"进行。

科马迪纳拿着票上了车，我们则等候着火车发车。茨尔尼趁这会儿工夫跃入站长办公室。果然不出所料，他正要给杜布罗夫尼克警察局通风报信，告诉他们火车上有可疑人员。当他正准备摇动电话手柄的时候，他看着我们，说道：

"如果你们想在这儿吵架……"

他的意思还没表达完整，茨尔尼用一块信号牌砸在他头上。他昏倒了，我们用绳子把他捆了。我们藏在火车后侧的卫生间里，他也在这里陪着我们。只有科马迪纳在外面。我们相信，如果警察来了，科马迪纳肯定会来通知我们的。我们准备好随时从窗子跳出去。茨尔尼钻到我们中间。火车费力地在通往杜布罗夫尼克的下坡路上行驶着，我们都屏住呼吸。

突然，科马迪纳大喊：

"开溜！快！"

大难临头只能顾自己！我们沿着车轨跑了一段儿，然后朝斜前方的一片小树林跑去。一声枪响，紧跟着是警告。

"站住，不然我开枪了！"

原来，乘警刚刚是朝空中开了一枪。我们冲下斜坡，撒腿朝着格拉沃萨港跑去。这会不会是第一次有人一路跑到杜布罗夫尼克呢？这想法太愚蠢了！因为杜布罗夫尼克已经存在很久了。士兵们曾多少次全速挺进这座城市？而这座城市又有多少次被人遗弃，才保留下了这美好的和谐？

走近格拉沃萨港口，空气中弥漫着鱼腥味，我们也给小港带来了火车卫生间里的臭味。渔民们在吵吵嚷嚷地闲逛。堤坝尽头，一个毛发旺盛的年轻男孩正坐在那里，背着包，凝视着大海。

　　　　　　　　　　婚 姻 中 的 陌 生 人

"又是个嬉皮士，那儿，"科马迪纳说道，"看我去收拾他。"

我们就像一群饿狼，瞪大眼睛看着他迈着坚定的步子走向那个外国人。

"只要没坐够两年牢，"科罗评论道，"就不能算是真罪犯。"

科马迪纳在那个外国人身边坐下，在确定自己不会被看见之后，他用胳膊肘朝着那个外国人的肋部狠狠撞了两下。痛苦的呻吟声随风钻进我们的耳朵里。科马迪纳在他的背包里一通乱翻之后，把包随手一扔，走的时候还不忘顺便往那外国人的肚子上踢一脚。

"四百马克，这个荷兰的瘾君子！"他边说边朝我们走过来。

"警察不会来抓我们吧！"

"爱抓就抓！"科罗嚷道，"我啊，我得吃东西，伙计们，我都快饿死了！"

从伊万尼察开始，我就已经饿得前胸贴后背了，毛糙头发鸡蛋头的咀嚼声不绝于耳。我们好不容易找到一家薄饼店，每个人都给自己点了双人份。他家的薄饼嚼起来很费劲，我们四下打量着，想着万一警察来了，我们该从哪儿开溜。周围一个人都没有。我们走到城里的咖啡馆吃冰激凌，碰巧看见港口的那个外国人，他手捂着肋部，呼吸急促。

"Do you speak English?[①]" 他问道。

"Yes，I speak little but good.[②]" 哈！哈！哈！

"My wife left me alone...[③]"

"You married?[④]"

"Yes![⑤]"

"Oh yes，you foreigner![⑥]"

"Yes，I am foreigner and I am married，but my wife is gone with Galeb![⑦]"

"Galeb?[⑧]"

"Rock star from Zagreb! And she took all my money![⑨]"

从此刻开始，不得不承认，他说了什么我完全听不懂。唱片里听来的那些英语仿佛都弃我而去了。

"Money?[⑩]"

---

① 英文：你说英语吗?
② 英文：我说得不多，但说得还不错。
③ 英文：我妻子把我抛弃了……
④ 英文：你结婚了?
⑤ 英文：是的!
⑥ 英文：哦，你是外国人!
⑦ 英文：是啊，我是外国人而且我结婚了，可我的妻子跟加莱布走了!
⑧ 英文：加莱布?
⑨ 英文：萨格勒布的摇滚明星! 她还把我所有的钱都拿走了!
⑩ 英文：钱?

"Yes，all my money is gone!①"

"So you foreigner in the mariage?!②"我不确定自己说出的英语有没有问题。

"你们说的都是什么意思啊？！"科罗插嘴道。

"You foreigner in the mariage?③"我又重复了一遍。

那人笑了。

"他说什么？"

"说他是婚姻里的陌生人。"

"妈的，可这是什么意思嘛！"

"在这场婚姻里，他肯定觉得自己是个陌生人，他老婆把他甩了，又跟一个搞摇滚的跑到萨格勒布去了。"

"婚姻里的陌生人……这话是从哪儿来的？难道不是根据弗兰克·辛纳屈④《深夜陌生人》来的吗？"

"跟他好好解释一下，要是他还想活命，就得为我们干活。"

"Do you want to work?⑤"

"Whatever，I am ready，I need the money to get some

---

① 英文：是的，我所有的钱都没了！
② 英文：所以你是婚姻里的陌生人？！（Foreigner 是双关语，有"陌生人"和"外国人"两个含义。）
③ 英文：你是婚姻里的陌生人？
④ 弗兰克·辛纳屈（Frank Sinatra，1915—1998），美国歌手、演员，多次获格莱美奖。——编者注
⑤ 英文：你想工作吗？

haschisch and go home.①"男人摩挲着自己的胳膊肘，用鼻子做着怪相。

一听到"大麻"这两个字，科罗瞬时按捺不住自己了，他双手抱住头，抬眼望着天空。瘾君子，是他最受不了的了。

"他妈的！"他边喊边踢那外国人的屁股，"你为什么要这么对我？该死的荷兰佬，肮脏的瘾君子！滚！"

科马迪纳急忙在中间调停：

"饶了他吧！他对咱们还有用。"

在朝向阿根廷酒店入口的街道尽头，我们等待着一个大鼻子女人落下报亭的百叶窗。蝉尖声鸣叫着，突然，一个离奇古怪的问题在我脑袋里一闪而过：它们交配的时候会发出怎样的声音呢？

我们藏在灌木丛中，彼此离得远远的，以防警察突然出现。我们已经准备好大干一场，目光聚焦在大鼻子女人身上。只见她锁好报亭，跟一个男的一起上了辆斯柯达 1000 MB②。等车走远了，外国人走近报亭，砸开后门，把凡是能抓住的东西全部一扫而空。他战战兢兢，给我们抱回来好几包东西，有剃须刀片、口香糖，还有钥匙链——说实话，我们都不知道能拿这

---

① 英文：什么都行，我准备好了，我需要钱来弄点儿大麻还有回家。
② 捷克汽车公司斯柯达于 1964 年至 1969 年期间推出的一款车型。——编者注

婚姻中的陌生人

些东西做什么。

街角出现了一辆大宝马。一眨眼的工夫，它就装满了一堆没用的货品和几个来自萨拉热窝的小犯罪分子。

在通往马卡尔斯卡的路上，科马迪纳问道：

"你们觉得，条子们会开着警车堵住我们吗？"

"他们总会去的！"茨尔尼挖苦道。

"他们都已经到啦。"科罗抓起酒瓶子灌下一口拉吉拉，又把瓶子递给了科马迪纳。

倒车镜里，外国人摇摇晃晃，倒在茨尔尼身上。

"哎哟喂，毒瘾犯了吧！你想往哪儿走啊？"茨尔尼大喊着，荷兰佬正好倒在他的屁股上——大家见状，纷纷大笑起来。科马迪纳把一盘磁带放进播放机，音乐声响起，大家伙儿都跟着唱起来：

"我的妈妈，我深爱的穷苦的女人，我与她共度了多少日日夜夜……"

我们一边唱歌，一边和着拍子敲打车顶，酒瓶子在我们之间传来传去，以闪电般的速度见了底。

茨尔尼对酒精没什么耐受力，很快就上了头。他起初用拳头使劲敲打宝马车的车顶，接着又找外国人的茬。科马迪纳和科罗放声大笑。茨尔尼感觉备受鼓舞，于是拉开裤子门襟要往荷兰佬身上撒尿，荷兰佬用乞求的眼神望着我。我坐到他们中间，把他们两个分开，又递给科马迪纳一盘磁带，科马迪纳把磁带插进播放机里。茨尔尼系好裤子盯着我看。音乐响起来了，车里没有一个人知道歌词。

"I love you baby，ta-ra-ra-ri-ra-ra... Ra-ra-ra-ra...①"

科罗感到自己需要拍打车顶，而茨尔尼越过我头顶又开始打那个外国人。我不喜欢这样：

"你为什么要打我们这位婚姻里的陌生人？"

"你看不惯啊？"

"跟我有什么关系？他没招惹你，你揍他干什么。"

"你屁股痒了是吧？"

"我屁股好得很，可要是你那儿不舒服，去找个医生看看吧！"

茨尔尼不是个易与之辈，不过他通常不会跟我过不去。可这次，他像发疯了似的；反而打得更起劲了。情况恶化了。我费了好大力气将他们二人分开。

"比起我来，你更喜欢他是吧？！"

"别打他了！你真让我心烦。"

"对，是我让你心烦了！"

科罗竭力想用英文唱——太滑稽了！所以我和茨尔尼的斗

---

① 英文：我爱你宝贝，哒啦啦哩啦啦……啦啦啦啦……

嘴自然降到了次要地位。宝马车在一个加油站停下来，一个加油员穿着印有 INA① 字样的制服，科马迪纳降下车窗，招呼他过来：

"有事儿吗？"

"没事儿，感谢上帝！"

"这样的话，那我就来给你制造点儿！"

于是他一把扯住加油员的衣服领子。

"你是不是为警察工作的，嗯？"

"不是，我向您发誓！"

"不是？"

科马迪纳扇了他一个大耳光。

"真的不是！我拿我孩子的脑袋发誓……"

"从今天开始，你就为我工作了！把所有的钱都从钱箱里拿出来，全给我装到这个口袋里！"

加油员掉转脚跟，想溜之大吉，可很快就又被抓住了。茨尔尼一个滑动铲球，加油员便重重跌了一跤，科罗和茨尔尼把他捆住，科马迪纳去扫荡钱箱。加油员不停地嘟哝，他嘴里塞着块破布，平时他用那块布来擦干净发动机上的油。钱箱里没什么钱——这个加油员刚刚换班——这使得他又多挨了我们每

---

① 南斯拉夫石油企业（Industrija Nafte）的缩写，该企业现为克罗地亚所有。

个人的拳脚。这是因为，自从我们偷了杜布罗夫尼克的报亭以来，我们的资金增长幅度简直惨淡。

我们把从报亭弄来的战利品以低价卖给黑市贩子们。用剃须刀片和假珠宝换来的钱，足够外国人买些大麻，给自己卷个漂亮的烟卷了。

我们几个全都喝得醉醺醺的，连滚带爬地到了扎奥斯托克[1]的海滩上。我们开始以为这里荒无人烟，直到发现一伙人正在另一头弹着吉他自娱自乐。茨尔尼要过去找他们。他喝得最少，却是最想挑事儿的那个。科马迪纳、科罗和我，我们三个正四仰八叉地躺在沙滩上，茨尔尼带着一个小男孩回来了，他手里攥着螺丝刀，抵住人家的后背。

"这位先生来自特拉夫尼克，他希望把自己的房间让给你们过夜。"

我们走近一群来自特拉夫尼克城的嬉皮士，他们也都半醉半醒着，递给我们北美产的大麻。

我简直不敢相信自己的眼睛：萨拉热窝至卡德尔耶沃专列上的阿穆拉，正由几个德国小伙子陪着。这几个来自德国的金发男孩子可不像是正经顾客。我站起身，高高耸起右肩，穿过沙滩走向阿穆拉。

---

① 亚得里亚海沿岸的旅游小镇和港口。

原来我父亲大肆鼓吹的走路方式，并非必须有铁鞋掌的配合！这只是他惯用把戏的一小部分。为什么偏偏在这个时刻我会冒出这样的想法？我也不清楚。从今以后与阿穆拉的每一次重逢，都将会唤起这些问题：为何我父亲提起女人们的壮举时就会哭泣？为何他要强调圣女贞德的英雄气概？又是为何，他只要谈到莫莫·卡普尔的母亲就会立刻流下眼泪？我举起的肩膀首先到了阿穆拉身边。

　　"喂，小卡莱姆，你知道吗？警察局发布了针对你们的通缉令！"

　　"你在开玩笑吗？"

　　"你啊，他们不知道你是谁，但那个留着小胡子的，他宣称另外两个人已经在他的掌控之中了！"

　　"你怎么知道的？"

　　"这个……这是我的秘密……"

　　她牵起我的手，把我带向大海。

　　"……我在火车上忘记跟你说了，我看过你在斯普利特海滩上拍的照片……"

　　"是马卡尔斯卡！"

　　"无所谓。你还有那两个混混，你们躺在沙子里。而你呢，简直像个乡巴佬，泳裤底下还塞了一包健牌香烟！"

　　"那是为了整体的拍照效果！那张照片，你在哪儿看到的？"

"你父亲向我妹妹夸耀。'真是条汉子。'他就是这么评价你的。他很喜欢你！"

"你把我跟另外一个人搞混了。"

"你脸色怎么这么难看！你知道莫莫·卡普尔在《安娜的日记》里是怎么说的吗？'与女人不同，男人是多配偶的！'"

我不明白多配偶是什么意思，这让我很恼火，但很快，阿穆拉就直直望着我的眼睛：

"男人在变化中前进！所以一个男人需要很多女人！"

一个转身，她便朝着堤坝走去。她脱掉套头线衫，随即褪去其他衣物，跑进水里。我看见她的背，她的脊椎一节节凸起着延伸向上，两侧的肌肉紧致匀称，脖颈如天鹅一般，一双肩膀仿佛是雕塑家精心塑造的。她的祖先肯定是沙漠上的骑马人。

难道所有美丽的姑娘都来自沙漠？我暗自思忖。

尽管父亲的事情害得我心烦意乱，我还是跟随在她身后，脱掉裤子、衬衣、线衫、鞋子。此刻，唯一妨碍我的，是一种奇特的感觉，仿佛我是在演一部讲述两个年轻人相爱的美国电影。缺的只是骑自行车、玩旋转木马、吃冰激凌、在沙滩上醒来时说：

"I love you!①"

---

① 英文：我爱你！

　　　　　　　　　　　婚姻中的陌生人

"I love you too!①"

我也跑进水里，意识到发生在科尼茨大拐弯处的故事终于该有后续剧情了。然而，事实却是……

"快跑！警察！"突然传来的叫喊声打破了海滩上的寂静。

我正躺在阿穆拉温热的肚子上，听到声音，我睁开双眼。

我们两个手牵着手，朝宝马车跑去。我打开汽车后备厢，等阿穆拉先进去，自己也跳到里面，然后关好盖子。只听见车外不断传来叫嚷声，乱作一团。

"喂，小妞儿……能不能说你是我的情妇？"

"看情况。"

"看什么情况？"

"要看你是不是已经有人了。"

"我单身。"

"那你怎么能让我做你的情妇呢，傻瓜？"

我们两个扑哧笑出声来。突然，关车门的声音、几个人说话的声音，败坏了我们的兴致。

"站住！不然我就开枪了！"有人大喊。

没有什么能吓到我们，也没有什么能阻止我们大笑；更何况，我们根本忍不住。车子像旋风一样开出去了：突如其来的

---

① 英文：我也爱你！

刹车，变速，油门踩到底的加速，硬生生的转弯——一切都引人发笑。可很快，轮胎的摩擦声和刹车声停止了，只剩一片沉寂。当科罗打开后备厢，他发现一个蜷曲的身体上有两个脑袋。

"别跟这小妞儿玩得太过火，"科马迪纳命令道，"她会害我们都暴露的！"

与我们逃离海滩时相比，我们从后备厢出来的时刻同样惊心动魄、令人难忘。我们距离悬崖只有寸步之遥。当我双脚在坚实的土地上站稳，感觉仿佛是踩在了炉子上，脚掌被灼烧着。我们站在悬崖边向下看，既令人生畏又充满诱惑。

"死亡边缘，"我在阿穆拉耳边私语，"就像这样吧？"

"你什么都不懂。只有经历过近亲离世，才会感受到这种狂喜！"

"等我回了家，就杀了我爸爸！"

她大笑起来。

"可我妹妹说，他像蜜一样甜！"

科马迪纳微笑着，用屁股抵住引擎盖，把这辆偷来的车推下山崖。车子沿着山崖滚落的时候，一瓶香槟在我们手中传开来。宝马车还未触及水面就燃烧起来——一束烟柱腾向天空。

"我还以为这东西掉进海里的速度会快得多呢。"科马迪纳说。

"毕竟它不是卡车啊！"

"别跟我提卡车，卡车司机我真是当够了！"

我也不知道为何，茨尔尼突然大喊：

"来啊，莫莫·卡普尔……你说明白！你为什么不断来烦我？！"

"靠打别人来取乐，这不正常。"

"不正常……是吧？"

接着，他赏给外国人重重一拳。外国人倒在地上，却也不发牢骚，重新站了起来。然而茨尔尼把全身力气汇聚到他一只脚上，又把他踹倒在地。我冲过去想扶外国人起来，我搀住他的胳膊，可茨尔尼竟从我身后打在我肋骨上。我没有料到他会冲我来。我们这个小团伙中，谁都知道我要比他强壮得多。可能他是因为阿穆拉而对我心生嫉妒——一直以来，他总是不断重复，他会娶一个像丽兹·泰勒①一样棕色头发、玫瑰色眼睛的姑娘。

"看来你是欠揍。"我卷起袖子，摘下手表递给阿穆拉。

"算啦，"阿穆拉从中调解，"快停下，你们两个！"

"绝对不行。"我态度坚决地答道。

茨尔尼也一样，他摘下手表，然后是金链子和手镯。在大

---

① 伊丽莎白·泰勒（Elizabeth Taylor, 1932—2011）的昵称，美国著名演员，主演《青楼艳妓》《灵欲春宵》等，多次获奥斯卡最佳女主角。——编者注

道中间，我们互相打量着对方。谁会先动手呢？

"你别幻想了，茨尔尼，我非得把你大卸八块不可！"

"哼，我要把你打成肉泥，莫莫·卡普尔。不过你老妈肯定还能认出你……"

"我不是莫莫·卡普尔！你很清楚我叫什么！"

"就算你成一摊肉泥，你老妈也能认出你。就只凭你的眼睛！"

他个头更小，想钻到我裆下把我掀翻在地。没成功！我照着他的脖子一记左勾拳，紧跟着一记右勾拳。他痛苦地叫出声来。

"你更爱那个荷兰佬，嗯？"他抹掉嘴唇上的血，大喊道。

眨眼间，他又朝我扑过来。我及时躲避，不过他还是成功地用螺丝刀划破了我的肩膀。鲜血喷溅出来，然而并没有引起我的注意。等他再次冲向我的时候，我掐住了他的脖子。他逃脱出去，做出闪到一旁的假动作，想用头猛撞我一下，不想却撞到了我的胳膊肘上。如此猛烈的撞击让他失去了平衡。就像所有重大战役的夜晚，周围只剩下一片庄严的死寂。

我呼吸急促，像拳击手那样防守着，双眼紧紧盯住茨尔尼。科罗走上前，拉起茨尔尼的一只胳膊，又松开手；那只胳膊重新落下，软弱无力。科罗大叫一声，他也说不清茨尔尼是否还活着。我在他脑袋上方挥动着拳头。

"你还想干什么，嗯？"

我们所有人都以为茨尔尼死了。

"他脑袋磕到了地上。"科马迪纳提醒大家。

科罗摇晃着茨尔尼的身体，这具已没了生气的身体从他双手间滑落到地上。他痛哭起来，却是为一些微不足道的事情。

"从今以后，我再也不能和他一起去荣军之家喝咖啡了……"他呜咽着。

我的朋友死了，这叫我如何相信呢？！我父亲哭，是因为历史故事中女人所扮演的角色；而我哭，是因为我是杀人凶手！天上的神啊，我父亲运气可真好！如果阿穆拉说的都是真的，那么他就过着双重生活；这就是他的真相，他在其中找到了平衡。可我的生活呢？彻底毁了……

"不，茨尔尼，别这样……我求你了，行行好吧！"

我抬头望着天空大喊，希望天上有人——我也不知道是谁——能听见我的声音，能让茨尔尼别死！突然，一阵强烈的疼痛麻痹了全身，热血从我的腹部喷出来。

茨尔尼就是一条狼……这是赛叶迪奇家那只狼的伎俩，我心想，疼痛让我呻吟着。

原来茨尔尼是在装死，等他确定不会失手时，便把螺丝刀扎进了我的肚子里。紧接着，他又捅了我好几下。我的叫声一定传到了大海，传到了斯乌古斯奇港口。茨尔尼起身跪在地上，又跳起来，捡起一块石头，想了结了我。阿穆拉用自己的手包砸他，然后她看见地上的血迹，惊恐地叫喊起来。我并不觉得疼，只是血从我身体里流出来，流到大腿上。我的双脚很快感受到了血的热量。科罗和科马迪纳抓住茨尔尼的两只胳膊。我得以侧过身，推开疯狂咆哮的敌人。他站起身来，连着踢了我好几脚。

"喏，莫莫·卡普尔，这是你该受的！婊子养的荷兰人！"

他转身朝外国人走过去，手里握着那把螺丝刀。他举起手准备刺向荷兰佬。

"现在，到你了。我要扒了你的皮！"他大喊道。

因为怕自己被打死，婚姻中的陌生人发了疯似的逃跑了。他跑啊跑，还不停回头看看身后。在拐弯处，他想确认一下茨尔尼还有没有紧追着他。然而茨尔尼看见一辆汽车的大灯，急忙停了下来。一辆警局的菲亚特飞速从拐弯处窜出来，把外国人撞翻了。一声闷响之后，外国人翻了个跟头，又落下。紧接着，是死一般的沉寂。很快，猫头鹰不祥的叫声打破了这沉寂。虽然情势危急，同样的问题却又出现在我脑海中："蝉交配的时候会发出怎样的声音呢？"

继这一连串事件之后，是不是该轮到我告别这个世界了？阿穆拉曾带我走向欢愉的顶峰，现在该结束了吗？

没有什么像这鲜血一样温热，也没有什么像这液体一样神秘。看我已没了力气，阿穆拉开始大哭起来，仿佛这将是我们的诀别。科马迪纳惊恐地盯着我脚下那一汪血泊。

在警车大灯的灯光下，警察们骚动着：离我们大概五十米远的地方，几个人影发疯似的，在警车和已经没了生命迹象的外国人的身体之间来来回回。这几个身影先是聚在遗骸上方，随后又停在离背包不远的位置——在猛烈的冲击之下，外国人的背包被抛到了路旁。

"我给局里打个电话？"

"给局里打电话？你是傻吗，还是怎么？！你是希望咱们因为一个嬉皮士去泽尼察坐牢吗？"

"不是……"

"那就行了，给我搭把手。得把他抬走！"

他们把这具尸体抬走，扔进一个石灰坑里，斯乌古斯奇入口处的路灯把这个石灰坑照得很亮。一个警察回到车里拿出一个桶和一根管子，从汽车的油箱里把油吸出来，装进桶里，然后又跑回去。外国人身上被浇上汽油，他们点着火。看着跳动的火焰，警察们为尸体烧得不够快而气恼。

"该死的荷兰佬，死了也不叫人省心！"

"那些荷兰人，就因为他们那该死的海洋，骨头里都是水分！"

"要是有个喷火枪就好了。"另一个警察说道。

汽车重新发动了，先往后倒了百十米远，接着，在轮胎刺耳的摩擦声中，全速朝城里的方向驶去。车灯和人影都消失不见了，只剩下远处传来的狗叫声。由于电压不稳，斯乌古斯奇入口处的光线忽明忽暗。

等警察们再回来的时候，他们很快用喷火枪重新燃起火，转瞬间，外国人的躯体就化为了灰烬。

鲜血源源不断地从我的身体里流出，我眼前的画面渐渐黯淡了下来。科马迪纳和阿穆拉拖着我往前走，我看见警察们把外国人的骨灰装进了一个镀金色的罐头盒里。公路上，我走过的地方拖出一条长长的血迹，在月光下闪闪发亮。当月光完全消失了，科马迪纳撕破他的衬衫，又抓起我的一只手，用力按在我腹部的伤口处。一辆车在我们身边刹停下来，轮胎的摩擦声尖锐刺耳。

"按住这儿，你听见我说话了吗？"科马迪纳把他的衬衫系在我的腰间，对我说道。

"发生什么事情了？"一个警察下车问道。

"快点！"阿穆拉乞求道，"要是再不送他去抢救，他的血就流光了！他就要死在我们怀里了……"

"发生什么事情了？"警察重复道。

"一个吸毒成瘾的家伙袭击了他。那个家伙邀请他进他的帐篷，然后捅了他！"

"那个下流的吸毒者，他是用什么捅的人？"警察问道。

说罢，他看向他的同事。

"一把螺丝刀。"

"一把……螺丝刀？真是个十恶不赦的家伙！我就跟你说嘛，跟吸毒的家伙可不是闹着玩儿的！"

什么画面都没有了。就好像电视机的显像管爆炸了。

等我醒来的时候，浑身赤裸裸的，正躺在医院的手术台上，白色的被单一直盖到我的下巴。有人扒开了我的眼睛。是阿穆拉的手指，我觉得是。一个护士在我上方俯下身来，她拉直我的胳膊，又调整了一下药水瓶和我的静脉之间的细细的塑料管。

"你可真是福大命大啊！要是再深一点儿，你的膀胱就炸了！"

"该死的瘾君子！"其中一个警察骂道。

他看着护士重新给我包扎伤口，等着她去取纱布，又向四周环顾了一圈。两个警察在窃窃私语着什么。然后，高个子拿出了那个罐头盒。他打算把骨灰顺着窗子扬出去。窗外就是医院的院子，种着一大片薰衣草。尽管才一大早，但马卡尔斯卡的西北风早已醒来了。那个警察打开窗子，开始倒空盒子。他用目光追随着骨灰。风卷携着骨灰从盛开的薰衣草上方飘过，飞向远处的大海。突如其来的穿堂风把骨灰吹进了房间。风先把骨灰扑到警察的脸上，随后又打着旋朝科马迪纳和阿穆拉前进。他们不明白为什么外国人会以这种永恒的形态重新找上他们。场面变得十分滑稽。腹部的疼痛让我不敢大笑，可是风使骨灰在房间里打转儿。看见那个警察顽固地与风做着斗争，手舞足蹈地想把骨灰重新装进盒里的样子，我已经在床上笑得直不起腰。两个警察不知道，阿穆拉、科马迪纳和我见证了他们犯下的罪行。对此更是毫不知情的护士回来给我换绷带了。

"我当班的时候你可别流血，嗯？"她见我在大笑，于是说道。

"别怕，我等你同事来。她好像比你好多了！"

"你的血会流光的，小子！"

另一个警察打量着我，仿佛明白了那位婚姻中的陌生人的故事——不过他早已化为灰烬，不必担心有一天这个故事会大白于天下。事情的真相让警察与我们之间战成了平局。我不知道遮掩一起凶杀案是否算得上是撒谎。不过根据童子军通讯员的规则，这是肯定的。然而，在现实生活中呢？对于事情的始末，我能够一回到家就和盘托出吗？对重大事实真相的缄默不语，是否本身已构成了一个巨大的谎言？至少，有一件事是确定的：警察们来得正是时候，否则，我肯定会与那个外国人共赴黄泉了。生与死的问题，掺杂着一位荷兰游客的骨灰，在我们身上纠缠不清；直到风停的那一刻，莫莫·卡普尔的冒险之旅终于画上了句号。

"我该怎么回我家啊？"我问。

"谁说要回你家？你来我家吧！"

"你想看我以这个样子出现在我母亲面前？"

"看在你父亲的面子上，我能安排你跟我妹妹来一发。"

阿穆拉着手安排；她的表弟法赫罗开着锃光瓦亮的福特金牛座来接我们，只不过车里除臭剂的味道混合着塑料和变质罐头的味道，再加上潮湿发霉的脚垫，简直刺眼睛，比火车里的卫生间还要糟糕！于是，我半闭着眼睛回到了萨拉热窝。

从我第一次去泽尼察看望姑妈开始，回萨拉热窝总令我心生焦虑。我不知道火车的时刻表，但是所有列车都有这样一个共性：回程总是在黄昏或黎明时分。一幢幢崭新的居民楼在我面前晃过，窗子里面透出鹅黄色的灯光，因为灯罩的遮挡而十分柔和，我的心里平添了几分不安。

到了我们居住的大楼前，我看见家里的厨房亮着灯。我想象着布拉措和阿兹拉该是如何着急，便更加坐立不安。而且，一想到布拉措，我的体温便瞬间飙升。直到我的脚踏进戈鲁察路 53 号的院子里，我纠结的心情才放松下来。我眼前的是一座平房，如果回家会不可避免地见到我父亲，那么待在这里定是舒服自在得多。我盯着天花板上昏黄的灯光，很快就睡着了。午夜时分，我被隔壁房间的咳嗽声吵醒，随后我又听见有女人的笑声。从阿穆拉的双臂中脱身出来已属不易，要想走到卫生间更是艰难，因为腹部的撕裂感让我不得不放缓脚步。我打开灯，就在我正吃药的时候，有个人进来了。透过镜子，我看到了……我父亲，布拉措·卡莱姆！活生生的人！

"你，在这儿？"他大吃一惊。

"是我。"

"你从哪儿冒出来的？"

"你呢？"

"我还以为你在亚布拉尼察，在湖边呢……"

"你不是在贝尔格莱德有'重要的工作'要解决吗？"

"我昨晚回来的。"

一个穿着丝质连衫衬裙、个子小小的女人突然走进浴室，她就是阿穆拉的妹妹，长着好奇的眼睛和丰腴的胸脯。

"这不会就是小卡莱姆吧？哇喔，阿穆拉真没说谎！货真价实的洋娃娃！"

"对于你这种人来说，我才不是洋娃娃！"

"那我是哪种人啊？来啊，说清楚！"

"婊子！"

我伸出一只手揪住父亲情妇的头发，把她从父亲怀里拽出来。她嗷嗷大叫，父亲站到我面前。

"放开她！"

"你！"

"我怎么了我？"

"你说到圣女贞德的时候哭得像个女人。其实，是为你在这儿干的事情才哭的吧！"

"我？我哭得像个女人？"

"对，就是你！"

"注意你的言辞！"

"别烦我！"

"阿列克萨，你真该感到羞耻！"

"是你吧！你才是应该感到羞耻的那个人！伪君子！"

"我是你父亲！"

"瞧你干的这些事，我真情愿没有你这样的父亲！"

我没费力气就清出路来，只轻轻一搡，父亲就退到墙边了。我伸着两只胳膊，朝他的情妇走去。他没能拦住我。她瘫倒在地上，父亲见状再次朝我扑过来。我狠狠地推了他一把，他失去了平衡，头撞在洗手池上，他顺势抓住镜子下面的搁物架，在他倒地的同时，各种洗浴用品也随之散落一地。

"现在，我能听到自己走路的声音了！"我说罢，就去追赶阿穆拉的妹妹。

浴室地上裂了缝的方砖上，鲜血勾勒出我迈出的每一步。我腹部的伤口刚刚又裂开了。

当天的晚些时候，父亲和我，我们两个又见面了。这次，是在科索沃医院。我们之间发生过的事情都变成了谎言。

当我们将自己也变为真相时，我们就变得成熟了：有时候，谎言会比真相本身更有益。但是，仅仅意识到这一点，还不足以变为成年人；当然，购买一双钉了铁掌的皮鞋，体会到听见自己走路的喜悦，也并不是成熟的标志。

当父亲说谎的时候，我没有说一个字——我也因此成了他的共犯。如果阿兹拉从我的口中得知所有一切，如果她知道父亲所说的真相中有多少谎言的成分，我们这个家肯定就分崩离析了——如果真到了那个时候，毫无疑问，我会跟她在一起。

阿兹拉擅自做主让我们出院——因为那天是周日，医院里找不到可以签字同意我们出院的负责人。还在送我们回家的出租车上，阿兹拉就已经开始斥责布拉措了：

"说到底，你为什么非要开得那么快？我早就跟你说过，要把咱们的儿子平平安安地带回来。可你……"

"我都没超过六十迈，我发誓！"

"你明显超过了！你知道亚布拉尼察的路上出过多少事故吗？"

"唉，我的车胎都太旧了，我承认。你要埋怨我也只该为这个。你问问阿列克萨……"

他看向我，天知道怎么回事，我顺利地接过话茬：

"最糟糕的，就是那场大雨！路上都是沙子，还有大卡车里漏出的油，我们的车完全不受控制了……"

婚姻中的陌生人

说话间，我透过反光镜看着布拉措。

"……喏，看吧！老爸得不断刹车，身子不是撞到前边就是撞到后边，所以才有这些肿块儿！"我这样解释他身上为什么有瘀青，其实那是我试图打他的情妇时，把他害成这个样子的。

我在通往成熟的道路上又前进了一步。

倘若这一切先于马卡尔斯卡公路上的一连串事件发生，鉴于我对真相的钟情，我肯定会一五一十地交代。然而从今以后，可以肯定的是：两个谎言生出了一个事实——我成熟了。比起他现在编织的故事，我父亲在提到女人们的英勇事迹时所洒下的泪水才是更加无耻的谎言。谎言总是与真相共存。幸好阿兹拉在看着我，不然我就要笑出声来了。当我信口胡诌的时候，心底暗自松了一口气，因为我不用再讲过去这十天里发生的乱七八糟的事情了！我绝不会放弃做一个知道什么时候该闭嘴的童子军通信员。

我父亲知道我人生中两个重大的秘密：一个是关于那位婚姻中的陌生人的死；另一个是关于一个男孩子的成熟历程，而且这个男孩子在没有找女朋友的情况下先有了情妇。我保持着沉默。

同年，布拉措预支了奖金。他把钱给阿兹拉，并叮嘱她给我买双皮鞋。

"他说我得给你买双皮鞋，"母亲告诉我，"现在你是大小伙子了，你穿的鞋得配得上这个称呼！"

"能买 Madras 品牌吗？现在很流行。"

"随便你！"

时光不断流逝，我父母之间的对话还是老样子。我们去了扎顿，那里是萨拉热窝上流社会的度假区。回来的路上，我一直在看伊波利特·丹纳[①]的《艺术哲学》，照这样下去，我的入学考试肯定及不了格。搞建筑不是我的想法，我也对此不抱幻想。书中有一处这样写道："各部分间互相关联并相互依存。"

真有智慧啊，这小子！我心想。这简直就是一条自然法则！

母亲的声音把我从哲思中拉出来。她指给父亲看斯顿[②]旁的一座小岛。

"你什么时候能有一座像那样的小岛啊？"

"永远不会。现在连买一个两居室的优惠房我都吃紧，你还得卖了你父母的那套房子才能供儿子读书，你竟然问我什么时候能有个小岛！愿上帝保佑你吧，你这个没脑子的！"

"我怎么知道啊？这是莫莫·卡普尔的岛。"

[①] 伊波利特·丹纳（Hippolyte Taine，1828—1893），法国著名文艺理论家和史学家，对 19 世纪文艺研究有深远影响。——编者注

[②] 克罗地亚的市镇。

"曾经是，阿兹拉。曾经是。那都是以前的事儿了。莫莫·卡普尔离婚了，现在这是他前妻的岛了。"

"你怎么知道莫莫离婚了？"

"是你跟我说的啊！"

"啊？"

布拉措停下他的大众1300C。阿兹拉去采路旁的薰衣草；布拉措和我绕过一块岩石，眼前是一片大海。我们抛开曾经的种种，展开了只属于我们之间的对话：

"过去的，就让它过去吧。"布拉措说道。我们凝视着广阔无垠的大海，心胸也舒展了。

"和好吧！"

"你知道吗？你的事情我全都听说了。"

"全都……真的？"

"外国人的故事。还有你自己的，你差点儿就回不来了。"

"不可能！"

"一切都有可能。阿穆拉为国家安全局工作，在外国人服务中心。"

"那个外国人呢，他怎么回事？"

"他在乌得勒支杀了两个毒贩子，后来越狱了。荷兰警方把他当失踪人员处理了。"

"他说他有个老婆……"

"老婆？！都是骗人的鬼话……"

时间在遗忘中积聚痕迹，就像尽责的官员在档案袋里塞满了各种文件票据。中学结束的时候，我的人生将记载着形形色色谎言和真相的影像，分类装进看不见的档案袋中。我曾经费尽心机想隐藏那段残酷的故事，然而一切都是徒劳，人生教会了我要把真相放到它应该在的位置。面对人生，万万不能充当傻瓜。否则，我怎么可能发现关于我父亲布拉措·卡莱姆的真相？我又能否回答这个问题：为什么我父亲会为历史故事中的女人们流泪呢？

"太棒了，这鞋！"

"我很满意，真的！"

"你能帮我个忙吗？"

"什么忙？"

"如果哪天我突然死了，你必须第一个赶到我身边；你得收好我的电话簿，让它永远消失。"

"好的。"我毫不犹豫地回答道。

我不得不这样做，我将这样掩盖事实真相：父亲是个婚姻中的陌生人。想到这儿，我脸上的微笑消失了。就在眼睛底下，生出了我的第一抹皱纹。

我写的所有故事都是爱情故事

——专访库斯图里卡

2017 年 4 月，值北京国际电影节之际，库斯图里卡最新影片《牛奶配送员的奇幻人生》首映，"KEY- 可以文化"编辑就《婚姻中的陌生人》一书对他进行了采访。

一、那些生命之初的故事

很多人是因为您的电影而对您熟知和仰慕的，那么能不能谈谈您为什么写小说？怎么开始写小说的？

库斯图里卡：那是在上个世纪末的时候，我开始写这些作品。这些故事都是关于成长的记忆，是我看待生活的方式。当我成长为成年人的时候，开始回忆起那些在生命之初塑造了我的个性的故事，这些故事是我人生的基石。

您的小说大多以青少年为主人公，讲述的多是他们在成长过程中与成人世界遭遇，甚至产生矛盾的故事。您是怎么理解成长这件事情的？

库斯图里卡：成年人与青少年总是处于矛盾之中，因为不同的眼睛看到的世界是不一样的，不仅仅是对错那么简单。成年人会看到世界的另一面。因此，人们——初来乍到的人，或者说青少年——他们正处于对世界的某种认识的起点或终点，因为，变成熟的过程中要面对的最主要的问题，是怎么去认识外部世界和内部世界，是怎样认识到生命内部的动力，怎样去融入主流社会的秩序或无序状态。在成年人与年轻人的冲突中，在那些痛苦的时刻，你会认识到你的父亲是一个怎样的人，会发现谁是你最好的朋友，会看到别人的人生故事。通过作家笔下的这些故事，你会进入别人的人生，看到一些人做了违背道德的事情，也看到一个个的人是怎样构成社会，以及社会是怎样被定义的。

您在小说中塑造了令人印象深刻的父亲的形象，有趣的是，他们大多是对家庭不那么负责任的父亲，能不能和我们具体谈一谈？

库斯图里卡：我的父亲是个很负责的人。他和我一样都有双重人格。他是一个共产主义者，他热爱生活，常常表达他是多么热爱生活。在小说《婚姻中的陌生人》里，最有趣的地方，是"我"发现父亲出轨的过程……当然我写的未必是我的父亲。我只是目睹了父亲如何在家里演戏，如何把历史、性欲，和感情纠缠在一起。当他开始描述历史上的伟大人物的时候，就像在展示自己是多么崇拜人性之纯粹。对"我"来说，这是一个信号：他有了情人，最终"我"发现了这件事。这就是为什么这篇小说叫作《婚姻中的陌生人》。这是我开的一个玩笑，一个基于一本超级畅销书《午夜陌生人》(*Stranger in the Night*)的玩笑……

所以您在小说中使用了"陌生人"(Stranger)这个双关语？

库斯图里卡：对，"陌生人"是指父亲是家里的或婚姻中的外人。当然我自己的父亲并不是这样。写小说的过程就像建一个房子，我试图把许多不同的故事组合在一起，从而创造出一个完整的故事。在我最近的一部电影《牛奶配送员的奇幻人生》中，我也是这样做的。我有三个故事，它们在一起才构成了一部完整的电影。我在小说中想要表达的，是一个刚刚迈出人生第一步的年轻人，如何发现世界、发现这个世界形而上的一面的过程。

您最新的电影《牛奶配送员的奇幻人生》的故事情节和这部小说集里的《在蛇的怀抱里》非常相似，您是先写了这篇小说还是先拍的电影？小说和电影有什么不同吗？

库斯图里卡：《在蛇的怀抱里》只是《牛奶配送员的奇幻人生》里三个故事中的一个。这个小说是以阿富汗战争的故事为背景的。在小说里，一个俄罗斯士兵负责给军营送牛奶，战争即将结束的时候，就在他最后一次取牛奶的途中，蛇"拥抱"了他、缠绕着他，而与此同时，整个村庄遭到屠杀。等他回到村庄看到这副惨状，才意识到其实是蛇救了他。但这与人们对蛇的认知可能是相悖的，因为人们对蛇的崇拜往往掺杂着恐惧。在美索布达米亚文化中，蛇是神。但在《旧约》中，蛇诱使人犯罪。而在我的电影中，蛇救了人。

《在蛇的怀抱里》这篇小说中有一个非常有趣的细节：如果你把一根香烟放在蛇的嘴里，蛇会爆炸，这是真的吗？

库斯图里卡：不全是这样。但我小的时候经常这么玩。有一种蛇会挤牛奶。它们会来到奶牛身边挤牛奶喝。这种喝牛奶的蛇没有毒。我们会抓这样的蛇来玩，把香烟塞到它们嘴里。这样蛇就不能往外呼气。它就会一直往里吸气、吸气、吸气……然后会胀得越来越大，最后就爆炸了。你知道小孩子都是很调皮的。

如同您的电影一样，动物在您的小说中也常常扮演了非常有趣的角色，比如《多么不幸》中作为"沉默的智者"的鱼，喝牛奶的蛇等，仿佛动物也具有了人的灵性。为什么您对动物格外钟情呢？在您的艺术世界里，动物有什么隐喻象征意义？和人又是怎样的关系？

库斯图里卡：因为动物明白一切！（笑）我认为宇宙有它自身非常严密的规则和秩序。我们一切生物都是被某种东西联系在一起。当然，这是宗教问题，或者说，这在后来成为了宗教问题。说着同一种语言的人在精神上拥有一个共同体。我们对生命的想象并不完全来自后天习得的知识，而是因为我们天生就具有某些共同的特质，这些特质让我们联系在一起，形成一个整体。不幸的是，资本主义激发了我们人性中最糟糕的一面。

当我试图去创作的时候，不管是写小说、拍电影，还是做音乐，我想要证明的只有一件事，就像我的那部电影的名字一样：生命是个奇迹。我们日复一日循环往复的生活总会被一些不期而至的事件打破；而这些激烈地改变了你人生的事件，驱动它们发生的动力，其实就根植于你的天性之中。

比如这部小说集、这些故事，它们以灵感的形式出现，把那些我几乎已经忘记了的一切，变成了记忆，这对我来说是非常重要的。我为什么要写小说呢？因为人们总说电影导演是愚蠢的，因为他们不懂写作。当然，这在某种程度上是对的，因为电影导演可能非常擅长沟通与合作，乐于在空间里工作，但电影导演未必是聪明和智慧的；于是我就写了两本书来证明他们是错的。

您会继续写小说吗？

库斯图里卡：你是说我现在还是很愚蠢吗？（大笑）不不不，我不是这个意思。我还在写作，只是需要时间。我正在写一本书，是写我从哲学的角度对这个世界的观察，我发现对技术的滥用会把人变成羊。

对，您在一次采访中提到过这个观点。

库斯图里卡：我正在做一些观察，是关于技术如何与文明世界对立的。比如说，你出生在农村，后来来到城市，那么怎么避免你的亲戚不打招呼就闯进你的卧室就成了一个难题。又比如，你买了一台电视，而电视上有一个小型相机在监视你，但你并没有注意到，你在睡觉或者在床上做任何事情的时候，都可能在别人的监控之下。我要说的其实也和采访有关，不是指你这个采访，而是在欧洲的很多采访会对人进行监听和记录。这跟斯诺登和阿桑奇事件是一个性质。我们生活在悖论和荒谬之中，因为那些西欧的政客、好莱坞明星嘴里就没有实话，他们永远在说谎，他们说的这些谎言却会被作为真相记录和存档。而我们的后辈将会根据这些记录，来发现关于我们这个时代的真相。只有真相会留存下去。有哲学家说过，真理比生命更加长久。因此，我同时在做许多事情，包括写这本小书。我还希望在死之前能完成另外两本书。

您提到了技术和好莱坞正在侵入我们的生活，那么您认为艺术会起到什么作用吗？

库斯图里卡：艺术是不存在的。因为人们把一切都压迫和挤压进意识形态。在好莱坞人们有一致的意识形态，他们崇拜山达基教（Scientology），他们狂热地崇拜各种保护富人的教派，从而把富人的生活与普通人分割开来。他们以一种我称之为"动物般的仇恨"来把人分门别类。

但您也曾说过，艺术是人类生存最理想的方式？

库斯图里卡：艺术是最重要的，因为艺术也与自由相关联。但不幸的是，今天在西方，自由问题与安全问题是一样的。人们想要安全，于是就失去了自由。自由就只跟钱有关。但是，如果只和钱有关，那么就没有必要替那些想要自由的人发问了。二十世纪七十年代，还有摇滚乐和歌唱自由的人。今天再有人歌唱自由，就显得滑稽。你能想象有人留着长发唱歌吗？他想要自由？！什么的自由？对谁而言的自由？——钱的自由，这是唯一的回答。如果有个人拿着炸弹过来，把他们的船炸掉，那么自由就没了。

二、记忆决定了我们是谁，而遗忘使我们能够活下去

您在采访中也常常谈到爱情，说："我的电影里没有愤怒，但有爱，爱是艺术的古老秘方，永远不会过时。"那么，在您的小说中是怎么表达爱的？

库斯图里卡：你知道，这并不是我独创的。因为爱是《旧约》的一部分。关于爱，有两种理论：西格蒙德·弗洛伊德认为，人有了繁殖的愿望，因此才得以生存下来；而卡尔·古斯塔夫·荣格认为我们能够生存下来，是因为有寻找食物的本能。我并不知道从科学的角度看真相是什么，但是从艺术的角度来说，我认为这两者应该是兼而有之的。我不知道你是否会在做饭之前做爱，或者在做爱之后吃饭，这并不重要。我认为爱是生命的配方，因为它是生活通向未来的基础，并不仅仅是一种化学反应。当我们坠入爱河时，我们就会达到这样一种精神高度。所以这就是为什么当你爱上别人时，这一刻可能成为生命中最美妙的时刻。同时，当你陷入爱情时，你也是自由的、轻盈的，因为你摆脱了那种将你一直拖拽进残酷日常生活的重负。所以，可以说，我写的所有故事都是爱情故事。甚至很多次我都试着把《旧约》中的故事重新写出来。

我还注意到一个有趣的现象，在您的电影和小说中，葬礼、婚礼和新生命的孕育常常会同时出现，这些仪式背后有什么隐喻意义吗？

库斯图里卡：不是每个故事都这样，但我确实常常这样做。我就像夏加尔一样，喜欢描绘同样的主题。这也是为什么有很多人会批评我。对我来说，这些生命中最重大的时刻代表着生与死之间的联系。所有的人生都在这两极之间摇摆，谈到生，就会谈到死，这是自然而然的。每个生命的终点都是死亡，就像蜡烛一样，人们无法理解，当蜡烛熄灭之后，一切都不复存在，于是就只能想象死亡之后是什么。就比如，昨天我们基督徒庆祝了耶稣受难日，这大概是世界上基于想象的最美丽的寓言——耶稣基督回来了，复活了。这也是为什么我相信艺术、宗教，甚至上帝都是一回事。因为艺术与宗教表达了同样的隐喻。也正是因此，我认为上帝是一种文化。无论上帝是谁，我们的信仰一方面通过上帝、一方面通过艺术而最终传达出它的要义。

您在《在蛇的怀抱里》中说"宇宙是一个圆"，也是出于这些思考吗？

库斯图里卡：没错。尼古拉斯·特斯拉（Nicolas Tessla）

说——顺便提一句，他也是塞尔维亚人，他曾经说过，虽然不能证明，但他相信——宇宙中有一颗种子，让我们置身于同一个圆里。而我认为这个圆是流动的，就像一种流通于我们"之间"的物质，使我们成为我们，使得人类生活生生不息。

塞尔维亚有两位非常著名的作家，也是我们中国读者非常熟知的，伊沃·安德里奇和米洛拉德·帕维奇，您怎么看这两位作家？

库斯图里卡：安德里奇是一位神，因为他不仅通过隐喻和象征来表达，而且他深入到巴尔干文化中那善良与邪恶的种子的最深处。伊沃·安德里奇对于生存在这片土地上的人，以及这片土地之外的人，都仿佛一部字典，他让人们可以看到在这片难以抵达的遥远土地上，人们的生活是怎样的。他对于我们的意义，相当于托马斯·曼之于德国。我认为他是最好的，也是最伟大的文化人物。而帕维奇，他很有意思，但对于塞尔维亚以外的人来说更有意思。

跟拍电影相比，写小说对您来说有什么不同呢？

库斯图里卡：写作的时候，你必须调整自我表达的方式，因为现代社会，读书的人也会去看电影。所以，当我写小说的时候，不可能完全排斥影视的方式。我常常会回忆起很久之前见心理医生的经历，他会帮助我提取记忆，重建过去的情景。拍电影和写小说类似，你在提取记忆的基础上重建一个故事。记忆是这一切的源头，是记忆让故事有了灵魂。因此，人类需要记忆。而今天，西方世界对于技术的发展使得人类似乎不再需要记忆，不再需要历史。他们试图简化一切过程和结果，那么因此而产生的就是空白。科技也在入侵我们的私人空间，因为任何社交媒体都建立在人们互相关注的基础上，我们暴露在别人的目光之下。一旦进入这种关系网，你就在以各种方式表达自己。而阅读是不同的，当你阅读和自由表达的时候，你才会进入当下社会仅存的一点自由空间。

但是你也谈到了遗忘和记忆之间的矛盾。

库斯图里卡：如果你没有忘记的能力，你就活不下去，因为日常生活中有那么多糟糕的事情。如果你不去筛选自己的记忆，那么你的脑袋可能会爆炸。举个例子来说，在学校里，你喜欢一个女孩，而另一个男生也喜欢她，他甚至因此打了你。如果你不能把这事抛在脑后，你就会疯掉。但记忆也是在循环的。你忘记了一件事，你又会记住其他事，你的记忆不会停留在一件事情上。记忆在流转。你的大脑中有一个巨大的、无法定义的宇宙。人们对大脑的理解还仅仅停留在表面，或者说是一无所知。记忆存在于人性和人的灵魂的深处，是记忆决定了我们是谁，而遗忘使我们能够活下去。

那么写作是否是提取记忆，建构另一种记忆的方式？

库斯图里卡：记忆和你对现实的感觉交织在一起。如果你的记忆是碎片化的，或者只是生活中的一段场景，如果不能构成完整的故事，那么你就需要激活你对现实的感受。无论是创作电影、小说，还是其他的艺术，最重要的是你知道你要创作一个整体，而不是局部。现代艺术有这样一种倾向，以安迪·沃霍尔（Andy Warhol）为代表，他认为米开朗琪罗不好，陀思妥耶夫斯基没有价值，他把鞋子、把骷髅画在名人的脑袋上。在我看来这些都是垃圾，它们不会留存后世，因为真正的艺术，是要探寻到记忆深处，探寻到人类生活和人性的深处，展现人类文化、历史，和未来的力量，展现它们最有力的部分。

您很多次提到人性，我注意到，在您的小说中，您一方面写了许多残酷、冷漠的人物，但另一方面，这些人物身上又蕴含着人类本性中的爱、善意，和同情。您是怎么塑造这些人物，怎么呈现他们身上的复杂性的？

库斯图里卡：这确实是矛盾的。在欧洲，人们认为我是一个"有争议的艺术家"，这意味着我不是政治正确的。而且，自从我建立了自己的村庄（库斯图里卡为电影《生命是个奇迹》

　　　　　　　　　　　婚姻中的陌生人

建的木头村），欧洲的某个政府就会出来试图证明我是腐败的。不管你做了什么，哪怕只是组织了一个节日庆典，他们也会说你是腐败的。欧洲正处于一个非常困难的时期，它的处境正像你刚刚提到的那些人物，而我也正是你刚刚说到的这些处于善恶之间的人物。而现在他们又想证明我不够好，因为我在世界各地都有一些不够好的朋友。这就是我对于这个问题能给你的答案——一个写小说、拍电影的人他自己就徘徊在善恶两端：一方面是一些私人的个性的东西，另一方面是我所扮演的公共角色，而这角色在大多数情况下没做什么好事。

您的小说集第一次被翻译成中文，您对中国读者想说些什么吗？

库斯图里卡：我只想说，这些故事都源自我的记忆，描述了我怎么看待人生，我对于时间、空间和人的思考。我非常期待中国读者能和我分享这些故事。

采访、翻译：李灿

2017 年 4 月

ETRANGER DANS LE MARIAGE by Emir Kusturica

Copyright © 2014 by Editions Jean–Claude Lattès

Simplified Chinese edition arranged through Dakai Agency Limited.

本书中文简体字版版权，浙江文艺出版社独家所有。

版权合同登记号：图字：11–2016–464 号

图书在版编目（CIP）数据

　　婚姻中的陌生人 /（塞尔）埃米尔·库斯图里卡著；刘成富，苑桂冠译. — 杭州：浙江文艺出版社，2018.10

　　ISBN 978–7–5339–5376–8

　　Ⅰ . ①婚… Ⅱ . ①埃… ②刘… ③苑… Ⅲ . ①中篇小说 – 小说集 – 塞尔维亚 – 现代 ②短篇小说 – 小说集 – 塞尔维亚 – 现代 Ⅳ . ①I543.45

　　中国版本图书馆 CIP 数据核字（2018）第 190625 号

策划统筹：曹元勇
责任编辑：曹元勇　李　灿
封面设计：任凌云
责任印制：吴春娟

婚姻中的陌生人

[塞尔维亚] 埃米尔·库斯图里卡　著

刘成富　苑桂冠　译　赵维纳　校

出版：浙江文艺出版社
地址：杭州市体育场路 347 号　邮编：310006
网址：www.zjwycbs.cn
经销：浙江省新华书店集团有限公司
印刷：上海中华商务联合印刷有限公司
开本：889 毫米 ×1194 毫米　1/32
字数：160 千字
印张：8.75
插页：7
版次：2018 年 10 月第 1 版　2018 年 10 月第 1 次印刷
书号：ISBN 978–7–5339–5376–8
定价：55.00 元

Emir Kusturica